Jakob Stein

Flucht in den Tod
oder
Der Staat gegen Dr. Satan

Jakob Stein

Flucht in den Tod

oder

Der Staat gegen Dr. Satan

Ein Kriminalroman

VERLAG

Jakob Stein
Flucht in den Tod oder Der Staat gegen Dr. Satan
Ein Kriminalroman

1. Auflage 2017

Weitere Titel des B3 Verlages unter www.bedrei.de

Foto „Darsteller auf dem Stuhl“: Olga Merk noekita photography
MUT Modernes Uni Tanztheater Regensburg (Foto aus “add me“ 2013, Darsteller: Jens Daniel Schlachter)

Umschlag: Claudia Manns, KUNSTSTÜCK
Printed in Germany

ISBN 978-3-943758-57-3

Dieses Buch ist auch als E-Book unter der
ISBN 978-3-943758-58-0 erhältlich.

„Gedanken sind Handlungen“

(Friedrich Nietzsche)

Wiederum führte ihn der Teufel mit sich auf einen sehr hohen Berg und zeigte ihm alle Reiche der Welt und ihre Herrlichkeit und sprach zu ihm: Das alles will ich dir geben, so du niederfällst und mich anbetest.

Matthäus 4, 8-9

6.47 Uhr

Hauptkommissar Martin Schwaner stößt die Luft, die er eben tief durch die Nase eingesogen hat, laut durch seinen Mund wieder aus. Mehrmals schnüffelt er konzentriert. „Farbe“, denkt er, „es riecht eindeutig nach Farbe“. Sein Blick schweift scheinbar ziellos im Raum umher. Im Karree stehen die unbenutzten, blauen Stühle. Die glatten, neuen und noch makellosen Oberflächen glänzen. Sie reflektieren das kalte Licht von der Decke, spiegeln die verzerrten Konturen der Neonröhren und des gegenüberliegenden Fensters. Die Sitzflächen und Rückenlehnen scheinen so geformt, dass sie sich sofort an jeden Körper schmiegen. In ihrer Blöße rufen sie stumm nach Menschen, die sie gebrauchen sollen, fordern ihren Sinn und Zweck ein und verstärken die Einsamkeit des Kommissars. Insgesamt zwölf Stühle zählt Schwaner: Drei an dieser Wand, auf dem letzten sitzt er, je drei links und rechts, drei seitlich vom Fenster. Ein Tisch auf dünnen Stahlbeinen steht wie nackt in der Mitte. „Zwölf. Warum zwölf?“, denkt Schwaner. Selbst an anderen Tagen würden nicht so viele Stühle gebraucht werden, vielleicht mal drei oder vier, aber niemals zwölf. Heute genügte ein einziger, denn nur er ist als Zeuge geladen. Niemand sonst wird kommen.

Er ist viel zu früh erschienen. Nicht versehentlich, sondern ganz bewusst, um den später vorm Eingang lauernden Journalisten, Fotografen und Kamerateams zu entgehen. Außerdem möchte er sich auf die anstehende Befragung vorbereiten und konzentrieren. Ihm ist, als könne ihm das nur hier, innerhalb der Mauern des Gerichts, wirklich gelingen. Nur hier vermag er über seine Gedanken und Erinnerungen zu gebieten. Zu Hause und im Büro kam er nie über die Vorstellung hinaus, wie er sich im Blitzlichtgewitter, umringt von Mikrofonen, einen Weg zum Eingang bahnen muss. Meist endeten seine Gedankenspiele immer wieder bei dem Bild, wie er in den Zeugenstand trat und der Vorsitzende das Wort an ihn richtete: „Nun dann, Herr Hauptkommissar, dann erzählen Sie mal."

„Erzählen Sie mal." Das ist leichter gesagt als getan. Wo soll er anfangen? Sobald sich seine Gedanken in eine bestimmte Richtung bewegen, spürt er diesen Druck im Magen, der sein Brustbein entlang nach oben steigt. Sprachlos ist er dann und nicht in der Lage, einen Einstieg zu finden. Kein Wort scheint ihm passend, alles ist belanglos oder falsch. Er sieht sich in der Mitte eines Saales, umringt von tausend fragenden Gesichtern, und die Stille ist entsetzlich. Er ringt, kämpft mit sich, möchte beginnen, doch seine Lippen sind verwachsen.

Er war heute Morgen nicht wie sonst auf sein altes Hollandrad gestiegen, sondern mit der Straßenbahn gefahren. Zwei Stationen vor seinem eigentlichen Ziel stieg er aus, schlug den Kragen des alten Trenchcoats so weit es ging nach oben, zog die Schirmmütze in die Stirn, beugte die Schultern nach vorne, um seine auffällige Körpergröße zu verringern und stakste, mehr einen alten Kapitän mit Holzbein nachahmend, auf den hell erleuchteten Komplex am Ende der Straße zu.

Es war diesig, kalt und die Nacht noch nicht ganz zwischen den Wohnblöcken links und rechts verschwunden. Schwaner blickte in unverhangene Wohnungen, sah eine Frau im Bademantel, die ihren verschlafenen Kindern das Frühstück bereitete, einen Herrn im Hemd, der im Stehen eine Tasse Kaffee hielt und stumm auf die Straße starrte, nahm mehrere Schatten wahr, die hektisch hin und her liefen. Nicht wenige Fenster waren tiefgrau und undurchdringlich, als hätte sich die Dunkelheit der Nacht vor dem anbrechenden Tag dorthin zurückgezogen.

Der Hauptkommissar humpelte auf dem Bürgersteig dem Platz entgegen, auf dem die Fahrbahn im Kreis um einen in der Mitte platzierten Baum verlief. Die Linde war klein und mickrig und ebenso neu wie das gesamte Viertel ringsum. Ein Panzerwagen der Polizei stand bereit, um bei Gefahr vorzufahren und die Zufahrt zum Platz zwischen zwei massiven Betonblöcken abzusperren. Jetzt, da der Tag noch gar nicht wirklich begonnen hatte, war von der Besatzung niemand zu sehen. Wahrscheinlich dösen die im Inneren vor sich hin, dachte Schwaner, als er auf der anderen Straßenseite vorbeilief.

Übertragungswagen mehrerer Fernsehsender, mit riesigen Satellitenschüsseln auf dem Dach, parkten links im Bogen des Kreisverkehrs auf dem Bürgersteig und der Fahrbahn. Dazwischen auch einige Wohnmobile. Dort war schon Licht zu erkennen, und der Hauptkommissar erinnerte sich an die Livebilder in den Frühnachrichten, in denen ein müde dreinschauender Reporter erste Nichtigkeiten zum anstehenden Prozesstag verkündet hatte.
Das Gebäude, auf das er zuhielt, war ein etwas erhöht stehender, nach vorne fast quadratisch wirkender Bau, aus dem als Eingang nochmals zwei Glasquader hervorsprangen. Über sieben umlaufende Stufen gelangte der Besucher von der Straße zu dem kleinen Eingangsplateau hinauf. Ursprünglich war ein von drei Seiten freier Zugang geplant, doch nach den nachträglichen Umbaumaßnahmen sperrte der Sicherheitszaun, der den gesamten Komplex einschloss, seine Flanken ab. Es schien, als hätte man dem Haus Scheuklappen angelegt.

Tatsächlich warteten schon einige Pressevertreter am Fuße der Treppe, die zu dem Glasvorbau hinaufführte. Leise plaudernd, jeder einen dampfenden Becher in der Hand, standen sie beieinander. Ihr Atem rauchte. Der Hauptkommissar hielt sich rechts, wo etwa in der Mitte des Kreises der Bürgersteig abbog und steuerte einen schmalen Seiteneingang im Zaun an.

Zwei Beamte, schwer bewaffnet und in voller Montur, versperrten ihm am Durchgang des Zauns den Weg. Sofort hielt er seinen Ausweis in die Höhe und schlüpfte zwischen ihnen hindurch. Aus den Augenwinkeln sah er, wie einer der wartenden Journalisten seinen Nachbarn anstieß und über das schmale Rasenstück hinweg auf ihn deutete. Zu spät. Noch ehe die beiden das bewachte Seitentor erreichten, wurde die Tür, auf der „Zutritt nur für Personal“ stand, geöffnet. „Herr Schwaner! Herr Hauptkommissar! Warten Sie!“, hörte er noch die Rufe hinter sich. Dann fiel die Stahltür ins Schloss und würgte die Stimmen ab.

6.52 Uhr

Schwaner ist der Stuhl unbequem. Seine Beine sind zu lang, lassen sich weder richtig aufstellen noch ausstrecken. Sein Körper entspricht nicht der Norm, ist zu groß, ragt über die Lehne hinaus. Das gebogene Holz drückt unter seine Schulterblätter. Er wechselt mehrfach die Sitzposition, sodass es aussieht, als wäre er nervös und aufgeregt. Das ist er nicht. Er ist ruhig. Er versucht sich zu konzentrieren und auf die Befragung vorzubereiten. Seit Monaten hat er diesem Tag entgegengefiebert wie einer Erlösung. Er hofft, endlich mit allem abschließen zu können. Die Bilder sollen endgültig verblassen, die

Bilder, die in den letzten Tagen, als er versuchte sich vorzubereiten, nur zögerlich in ihm aufleuchteten. Noch einmal muss er sich ihnen stellen.
Er schaut auf die Wand gegenüber. Der Putz ist in weiten Schwüngen aufgetragen. Die weiße Farbe deckt nicht flächig, lässt scheinbar absichtlich verwischte Flecken frei. Automatisch versuchen seine Augen, Konturen darin zu erkennen. Dort eine hässliche Fratze mit dicker Knollnase, daneben könnte eine Katze lauern. Hier etwas, das eine unbestimmte Erinnerung in ihm wachruft. Als Kind sah er manchmal ein Gesicht in der Raufasertapete seines Zimmers. Alles darin ängstigte ihn. Der Mund war schmal und verschlossen und grimmig verzerrt. Die Augen blickten wie tot. Es blieb nie an der gleichen Stelle, wanderte über die Decke, bis es dicht neben ihm auftauchte. Das Schlimmste war, morgens aufzuwachen und als Erstes in dieses Gesicht zu sehen. Und auch jetzt noch ist ihm die Erinnerung daran unangenehm.
Er verscheucht sie und zwingt sich, an etwas anderes zu denken, etwas Neutrales. Rechts an der Wand hängt ein Bild, das ihm einen Stich versetzt. Es ist eine Fotografie, die ein Stück Küste, vielleicht die Bretagne, vielleicht auch Südamerika, zeigt. Das Wasser ist so blau wie der Rahmen des Fotos und die Stühle und heuchelt eine friedliche Sehnsucht vor, die darüber hinwegtäuschen soll, dass täglich Menschen auf diesen Meeren ertrinken, die Ozeane

angefüllt sind mit Toten, die in Schwaners Vorstellung dort umherschweben wie Geister. Er hat sie im Traum gesehen. In einem dieser Träume, die ihn seit damals verfolgen. Die Toten schweben umher. Es ist ein schemenhafter Tanz in einer schwerelosen Unendlichkeit. Die zahllosen Körper zeigen alle die gleiche Haltung: die Arme nach vorne, als würden sie daran gezogen, die Beine nach hinten, als schleppten sie diese nach. Langsam drehen und kreisen die Männer, Frauen und Kinder umeinander. Schwaner ist mitten unter ihnen, fällt durch sie hindurch, immer tiefer, schaut nach oben, wo ein letzter Lichtstrahl zwischen den Leibern erlischt.

Wer auch immer dieses Bild dort anbrachte, beabsichtigte damit sicher, eine ruhige und entspannende Atmosphäre in diesem Raum zu schaffen. Auf den Hauptkommissar dagegen wirkt es wie ein Katalysator.

6.54 Uhr

Er fährt zusammen, schüttelt sich. Nein, auch dies wollte er jetzt nicht sehen, das gehört nicht hierher, bringt ihn nicht weiter. Schwaner spürt den Widerstand in seinem Kopf. Er steht auf, umkreist den Tisch und geht zum Fenster, um frische Luft hereinzulassen und den abgestandenen Mief zu vertreiben. Der Nebel davor ist dichter geworden, er

kriecht förmlich an die Häuser heran, steigt an ihnen empor und sinkt wieder zurück in die milchige Woge, die die Gebäude umfließt. Schwaner sieht sich selbst im Spiegel der Scheibe, wie er zwischen dem Raum hier drinnen und der dunstigen Welt da draußen als zweidimensionales Wesen verschwimmt.
Er fixiert sein schemenhaftes Abbild im Glas. Eine innere Stimme redet auf ihn ein, die Blockade in seinen Erinnerungen aufzugeben. Der Tag ist da. Die Zeit der Befreiung ist gekommen. „Sie müssen es zulassen!" Es sind Ratschläge und Empfehlungen seiner Ärztin, die er hört. „Leiten Sie sich selbst dorthin. Geben Sie sich ein Bild, eine Vorstellung, die Ihnen hilft, den Weg zu finden." Schwaner konzentriert sich. Die Stimme in ihm wird unmerklich zu seiner eigenen. Bald sieht er sich an einer Höhle stehen, die zu betreten ihn noch immer ängstigt. An den Wänden der Höhle huschen Schatten entlang, flackernd, wie von einem Feuer beleuchtet. Ein anderes Bild drängt sich vor sein inneres Auge. Ein Bild, das er jetzt ebenso wenig sehen möchte wie die Fratze auf seiner Tapete oder das Meer der Toten. Ein Bild, das er zulassen muss und das ihn um mehr als ein Jahr zurückversetzt, an jenen Morgen, mit dem alles anfing. Es war der erste wirkliche Herbsttag. Der Himmel und die ganze Welt unter ihm war grau und trist geworden. Der Sommer zuvor hatte lange nicht weichen wollen und bescherte warme, strahlende Tage bis weit in den

Oktober hinein, an denen das Laub an den Zweigen golden glänzte. Mit dem Monatswechsel setzte der Regen ein und dauerte fast eine Woche. Er spülte alle Farben aus den Bäumen und Sträuchern, und glommen die herabgefallenen Blätter am Boden noch etwas nach, waren sie spätestens am nächsten Tag endgültig erloschen.
Die Luft lag milchig und schwer über allem. Die Häuser, Straßen und vereinzelte Passanten waren wie in Watte gehüllt. Beim Atmen strömte eine feuchte Kühle die Kehle hinab und benetzte den Gaumen mit dem Geschmack nach fallendem Laub und trächtiger Erde. Auch jetzt, in diesem Augenblick, glaubt Schwaner diesen Geschmack im Mund zu haben.
Der Nebel hing zwischen den Bäumen wie ein alter, weißer Samt, an einigen Stellen dick und dicht, an anderen dünn und durchsichtig. Die Stämme kamen aus dem Dunst in Reih und Glied auf ihn zumarschiert. Das Unterholz, die wild wuchernden Sträucher und Föhren, hatten sich den Nebel umgelegt wie einen Schleier. Bei jeder Berührung glitten Wassertropfen wie Tränen die Blätter hinab.
Vielleicht empfindet es Schwaner auch nur heute so, als sei er schon damals in Trauer gegangen, hätte schon damals diesen schweren dunklen Brocken in sich getragen, der seitdem nicht mehr aus seiner Brust weichen wollte. Er ging zwischen den schweigenden Bäumen hindurch, auch die Kollegen standen stumm

und starr, keiner sagte ein Wort, sie sandten ihm im Vorübergehen nur den Blick derer zu, die schon wissen, was ihn erwartet.

Im Nachhinein glaubt er, es sei totenstill gewesen. Einzig seine Schritte und sein Atmen waren zu hören. Seine Schritte wie meterweit entfernt, sein Atmen wie unter einer Maske. In Wirklichkeit kreischten unaufhörlich Flugzeuge im Landeanflug über die Baumkronen hinweg, tief und dennoch unsichtbar. Das Dröhnen der Triebwerke wurde durch den Nebel verstärkt und schlug einem jedes Wort in den Mund zurück. Also besser nichts sagen. Keiner sagte etwas. Die Welt – zumindest dieses kleine Stück Erde – war wie in einer Schneekugel gefangen.

Die Kollegen der Kriminaltechnik, die in ihren weißen Overalls im Dunst verschwammen, hockten über der Erde und gruben mit Handschaufeln und anderen kleinen, spitzen Geräten die Knochen von Kindern aus. Die Szene hätte einem Bild von Hieronymus Bosch oder einem Film von Stanley Kubrick entstammen können. Die bis auf den Gesichtskreis eingehüllten Frauen und Männer schienen aus dem Nebel geborene Wesen zu sein, mit Elben verwandt und einzig zu dem Zwecke an diesem Ort erschienen, um die weißen, ihnen farbgleichen menschlichen Überreste aus dem Boden zu schürfen. Womöglich sind es seelenlose Automaten, die kalt

und programmiert, im stillen Eifer, Rippe um Rippe freilegen, dachte Schwaner bei sich.
Eine dieser Nebelgestalten erhob sich vor dem Hauptkommissar. Sie war groß, fast so groß wie er selbst. Der Rücken war breit und auf den Schultern zeichnete sich unter der Kapuze ein dicker Haarkranz ab, was den Kopf wie aufgeklebt erscheinen ließ. Stumm wandte sich die Gestalt um, und ein verzweifelter Blick aus den Augen Günther Messners, dem Leiter der KTU, traf das hilflose Gesicht des Kommissars.

Die Welt war auf den Kopf gestellt. Die, die leben, spielen, graben sollten, lagen tot in der modrigen Erde. Die, deren Zeit schon zur Neige ging, stiegen lebend über ihre Gräber. Ein Schuh, nicht viel größer als Schwaners Zeigefinger, stand senkrecht empor. Die Sohle stach strahlend weiß aus der feuchtschwarzen Erde heraus, das Profil auf den Innenseiten, an den Fußballen, total abgewetzt.
Die Zeit wurde eine andere, wurde geräumig. Es war nicht mehr die Gegenwart, dieser schmale Grat zwischen dem, was kommen sollte und im nächsten Moment schon verflossen war. Fast unendlich dehnte sie sich aus, schien keinen Anfang, kein Gestern und kein Ende, kein Morgen zu haben. Selbst die nächste Sekunde stand in weiter Ferne und kam nur zögerlich näher. Die Zeit wurde anders bemessen. Sie hatte ihren immer gleichen Takt der Sekunden, die zu

Minuten werden, verloren. War dies nicht ohnehin eine Erfindung des Menschen? Wer wusste schon, wie die Zeit wirklich verging? Auch die Stille schien eine andere zu sein als zuvor.
Und plötzlich, als wäre dem Hauptkommissar etwas längst Vergessenes wieder eingefallen, war der nächste Augenblick da und mit ihm die furchtbare Gewissheit, alles ist wirklich und jetzt. Die Realität stand erbarmungslos wie ein Berg, wie eine unüberwindliche Steilwand, senkrecht emporragend und glatt und abweisend und so gewaltig vor ihm, dass er in die Knie ging und mit einem leichten Stöhnen sein Haupt beugte.

7.02 Uhr

Schwaner wird aus seinen Erinnerungen gerissen, sieht wieder sein verschwommenes Abbild in der Scheibe, dahinter die scharfen Konturen einer möglichen Wirklichkeit. Er wendet sich ab. Der herbstliche Geschmack nach modrigem Laub weicht dem Geruch nach Farbe. Das helle Licht der Neonröhren löscht die Bilder von eben aus.
Auf dem Tisch, dessen strahlendes Weiß fast blendet, liegen einige in blauen Karton eingeschlagene Zeitschriften wie ein Fächer übereinander. „Lesezirkel" entziffert Schwaner die auf dem Kopf stehende Überschrift auf dem Einband. Obwohl sonst alles

an ein Wartezimmer einer Arztpraxis erinnert, sind keine aktuellen Zeitungen oder Nachrichtenmagazine vorhanden. Die Gazetten auf dem Tisch sind wohl als seicht genug befunden worden, um die Zeugen, die hier bis zu ihrem Aufruf ausharren müssen, nicht zu beeinflussen. Das war natürlich ein Witz. Seit Monaten strotzten die Schlagzeilen von angeblichen Neuigkeiten zu dem anstehenden Prozess. Kein Abend verging, an dem nicht in irgendeiner Talkrunde oder Sondersendung über die Ereignisse berichtet, diskutiert und gemutmaßt wurde. Fachleute und angebliche Spezialisten kamen täglich im Radio zu Wort und antworteten auf die scheinbar immer gleichen Fragen. Niemand konnte sich dem entziehen, ob Zeuge, Richter oder Angeklagter.
Der Ansturm der Medien – auch aus dem Ausland gab es Hunderte von Anfragen – und das allgemeine öffentliche Interesse führten schließlich zur Verlegung des Prozesses in dieses neue Bürgerhaus in diesem neuen Stadtteil. Kein Sitzungssaal in den Justizgebäuden wäre auch nur annähernd groß genug gewesen, hätte im Mindesten die technischen Voraussetzungen erfüllt und das geforderte Maß an Sicherheit garantiert, wie dieses soeben fertiggestellte Stadtteilzentrum, das kurzerhand zweckfremd okkupiert und in Eile für dieses bedeutende Ereignis umgebaut worden war.

„Haus der Gerechtigkeit“, so stand es auf einem Banner, das Mitglieder einer Bürgerbewegung am ersten Tag in die Höhe hielten. Die mit dicken, schwarzen Pinselstrichen bemalte Papierrolle wurde von Dutzenden Kameras gefilmt. Am Abend dominierte es als beherrschendes Motiv und Aufmacher die Nachrichtensendungen. Tags darauf wurde im Stadtrat in einer Sondersitzung über den historischen Hintergrund des Transparents heftig und ausgiebig diskutiert. Schließlich befand eine parteiübergreifende Mehrheit, das Spruchband sei ein „Zeichen der Solidarität mit den Opfern und den Angehörigen“. So kam das eher schmucklose Gebäude aus Glas, Stahl und Beton zu seinem Namen. Die von Hand beschriebene Tapetenrolle wurde zwei Tage später im Foyer unter entsprechender Medienbeobachtung befestigt. Die junge Frau, die das Papier bemalt hatte, eilte von Mikrofon zu Mikrofon.

Ein Unbekannter, wahrscheinlich jemand vom nächtlichen Wachpersonal, kritzelte kurz darauf „Gutmenschentempel“ auf den unteren Rand und trat dadurch eine neuerliche Kontroverse los. Nach langem Hin und Her entschloss man sich, auch diesen Begriff stehen zu lassen und nicht zu übermalen, was ihn, so die Argumentation, keineswegs ausgelöscht, sondern umso mehr betont hätte. Eine schleunigst angebrachte Plexiglasplatte sollte das Spruchband vor weiteren Beschädigungen schützen. Auch rund um das Gebäude mussten zusätzliche Kameras

angebracht werden. An den Fassaden kam es zu Schmierereien mit Hakenkreuzen, Deutschland-den-Deutschen-Sprüchen und 88-Symbolen. Einzig eine Gruppe Jugendlicher wurde dabei gefasst, die „Refugees welcome“ aufsprühen wollten. Sie kamen nur bis „Refugees wel“, was wiederum unerkannt andere in „Refugees farewell“ abwandelten. Auch an den Häuserzeilen in der Nachbarschaft nahm der Vandalismus mit meist rechten Parolen deutlich zu.
Zum Gerichtssaal wurde der zentrale und größte Raum des Hauses umfunktioniert. In ihm war allerdings bereits die Bühne, ursprünglich gedacht für Veranstaltungen aller Art, fest installiert. Aus Platzgründen musste schließlich die Richterbank dort oben aufgebaut werden, wodurch diese etwa einen Meter über dem Geschehen thronte. Der dahinter stets verschlossene Vorhang und die gezielte, an der Decke installierte Beleuchtung gaben dem ganzen Spektakel den Anschein eines Theaterstücks oder Schauprozesses, ein Umstand, der im Vorfeld für viel Wirbel sorgte und den heute, parallel zu der laufenden Verhandlung, gerade rechte Gruppierungen ausschlachteten. Sie bezeichneten den gesamten Prozess als Farce, eine von außen gesteuerte Inszenierung, leugneten schlichtweg alle zugrunde liegenden Tatsachen und beschuldigten neben fremden Mächten in erster Linie die „Lügenpresse“, für diese „Volksverdummung“ verantwortlich zu sein.

Schwaner verfolgte die Berichterstattung bis zum heutigen Tag sehr genau. Seine Vernehmung, die auf zwei Tage angesetzt war, galt als der eigentliche, lang ersehnte Beginn des Prozesses gegen „Dr. Satan“, wie ein Boulevardblatt am Morgen titelte. „Heute erste Aussage gegen Dr. Satan“ stand in Großbuchstaben auf der ersten Seite und prangte dem Hauptkommissar am frühen Morgen an allen Verkaufsständen entgegen – es war auch ein kleines Bild von ihm unten rechts zu sehen.

Das seit etlichen Wochen andauernde und beschämende Spiel aus Befangenheitsanträgen, Zuständigkeitsfragen, möglichen Abtrennungen und ärztlichen Gutachten war beendet. Der zunächst berufene Richter Schorn war im Zuge dieser Vorgänge zurückgetreten. Ein vor Jahren erschienener Artikel, der längst in den Tiefen juristischer Fachpublikationen verschollen war, wurde von der Nebenklage wieder ausgegraben. In dem Beitrag ging es um die Rolle der Justiz im Dritten Reich. Das Resümee darin, dass die Richter sich im Großen und Ganzen an damals bestehendes Recht gehalten hätten und damit allesamt unschuldig waren – der Aufsatz fiel zeitlich eng mit Schorns Bewerbung um das nächsthöhere Amt zusammen –, sorgte für Empörung und Aufregung. Der öffentliche Druck wurde so groß, dass er schließlich sein Amt niederlegte. Ihm folgte Richter Hofmeyer, der seitdem das Verfahren leitete und als politisch neutral galt.

Die Verlesung der Anklage durch Staatsanwalt Vogel dauerte nochmals drei Tage und war seit gestern Vormittag abgeschlossen. Die Befragung der Angeklagten war ohne Ergebnis geblieben und, da alle zur Sache schwiegen, abgebrochen worden. Alle plädierten auf nicht schuldig. Nun folgten die Zeugenvernehmungen, und der erste Zeuge der Anklage war Hauptkommissar Martin Schwaner.

Eine seriöse Tageszeitung hatte in ihrer heutigen Ausgabe die Rolle des leitenden Frankfurter Hauptkommissars und des 11. Kommissariats nochmals betont. Sie war auch lang und breit auf die Umstände eingegangen, warum damals die Ermittlungen in diesem Fall in Frankfurt verblieben und nicht an die Kriminalämter von Bund oder Land abgegeben worden waren. Dies war ein Punkt, auf den sicherlich der als äußerst bissig verschriene Verteidiger Steinacker mit Härte einschlagen würde, hatte er doch bereits im Vorfeld angekündigt, dass er die gesamten Ermittlungen für fragwürdig, ja sogar illegal ansah. „Der Prozess wird schon in den ersten Tagen platzen“, so seine Prophezeiung.

Martin Schwaner mochte sich gar nicht das bürokratische Gezerre und Wegschieben von damals ins Gedächtnis rufen. Er würde früh genug dazu befragt werden und Stellung nehmen müssen. Mit Oberstaatsanwalt Kügler war er diesen für einen Normalsterblichen undurchsichtigen und nebensächlichen Komplex bis ins kleinste Detail durchgegangen – tatsächlich lag darin mit die größte Gefahr, dass die Klage abgewiesen werden konnte. Heute fühlte er sich dazu gut präpariert.

7.05 Uhr

Schwaner nimmt die oberste der Zeitschriften in die Hand, lehnt sich mit dem Rücken gegen das kalte Fenster und blättert die Seiten von hinten nach vorne durch. Gelegentlich stoppt er, um sich ein Bild genauer anzusehen oder den Text unter einer fetten Überschrift anzulesen. Es geht in allen Artikeln um Prominente, Reiche, Adlige und irgendwelche Stars und deren Ehe-, Gewichts-, Geld- oder Beziehungsprobleme. Heimliche Fotos aus den Privaträumen, entlarvende Informationen von Freunden oder ehemaligen Geliebten, Klatsch und Tratsch von Insidern, die geheimsten Geheimnisse werden hier exklusiv enthüllt. Oftmals stehen die dem Hauptkommissar vollkommen fremden Personen vor einer Menschenmenge und werden von zahllosen Kameras fokussiert. Es scheint ihnen das Normalste der Welt zu sein, so im Rampenlicht zu stehen.

Nichts hatte damals, nach der ersten Meldung, es seien im Stadtwald die Überreste einer oder mehrerer Personen gefunden worden, auf das spätere Ausmaß hingedeutet. Gemeinsam mit Beck, seinem

Assistenten, war er hinausgefahren, suchend über die verschiedenen Schneisen gekreuzt, bis sie endlich zu einem komplett abgesperrten Waldstück gekommen waren. Eine Menge Fahrzeuge standen seitlich geparkt und erregten großes Aufsehen. Eine Traube von Fahrradfahrern, Spaziergängern und Joggern versperrte den Weg. Sie alle filmten das Eintreffen der Kommissare und reckten ihre Hände samt Handys nach oben, um die beiden Polizisten auf ihrem Weg hinter dem weiß-roten Band zu verfolgen und alles aufzunehmen. Sie mussten gute fünfzig Meter in den Wald hineingehen.

Der Hund eines Spaziergängers war im Unterholz verschwunden und nach langem Rufen mit dem Armknochen eines Kindes im Maul wieder zu seinem Herrchen zurückgekommen. Der Besitzer hatte sofort die Polizei informiert, ohne selbst nach der Leiche zu suchen. „Keine zehn Pferde hätten mich da rein gekriegt", gab er, immer noch unter Schock, zu Protokoll.

Die erste eintreffende Streife hatte die undankbare Aufgabe, die restlichen Körperteile zu suchen. Was sie entdeckten, schockte nicht nur sie selbst, sondern auch alle nach ihnen eintreffenden Kollegen. Der Boden war vom tagelangen Regen aufgeweicht. Auf einem tief durchwühlten Feld von etwa fünf mal fünf Metern, offensichtlich war eine Horde Wildschweine hier aktiv gewesen, schauten die unterschiedlichsten Knochen, teilweise mit Stoffresten bedeckt, heraus.

Kleinere Extremitäten, offensichtlich die Überreste eines Kindes, lagen verstreut an der Oberfläche. Ein modriger, fauler Geruch lag über allem. Weiß glänzend, wie ein in der Erde vergrabener Ball, schaute eine Schädeldecke hervor.

Als Schwaner und Beck eintrafen, waren die obersten Laub- und Erdschichten schon abgetragen. Vier Leichen konnten klar unterschieden werden, zwei Erwachsene, eine Frau und ein Mann, ein Kind von etwa ein Meter vierzig Körpergröße und ein kleineres Kind, von dessen Körper nur noch ein Teil des Brustkorbs neben den anderen lag. Das war auch gleich die erste Auffälligkeit. Die Skelette lagen exakt ausgerichtet nebeneinander. Sie waren nicht einfach irgendwie verscharrt, in eine Grube geworfen oder schnell vergraben worden. Von demjenigen, der sie hier abgelegt hatte, war eine nicht sehr tiefe, allerdings geräumige Ruhestätte ausgehoben worden, in die sie alle wie schlafend dicht nebeneinander hineinpassten.

Die größeren Gerippe waren noch vollständig mit Kleidung bedeckt, Reste der Haare klebten an den Köpfen. Nur die Überreste des kleineren Kindes waren verstreut und teilweise zerbissen. Der abgetrennte Fuß steckte in einem abgewetzten Turnschuh. Später fanden sich noch ein kleines Stofftier, ein rostiges Taschenmesser, ein Paar Murmeln und ein Stück eines Amethysts im Grab.

Zwei Dutzend Polizisten durchkämmten das gesamte Waldstück. Es waren auch Spürhunde mit dabei, die, kaum waren sie in geschlossener Linie losgelaufen, anschlugen. Zunächst glaubte man an kleine, durch Wild verschleppte und verstreute Bestandteile des ersten Fundortes, die die Hunde witterten. An der Oberfläche war nichts zu sehen. Bald wurde es jedoch zur schrecklichen Gewissheit, dass es sich um weitere Gräber, die sorgfältiger und tiefer angelegt waren, handelte. Insgesamt sieben Stellen konnten mit Hilfe der Hunde ausgemacht werden.

Das überstieg jegliche Vorstellungskraft und die verfügbaren Kapazitäten. Jeder ahnte, dass hier etwas Monströses verborgen lag. Jeder der Anwesenden, sonst nicht gerade zimperlich und manch fürchterliche Situation mit einer sarkastischen Bemerkung überspielend, schwieg. Nicht wenigen standen Tränen und gleichzeitig Entsetzen in den Augen. Alle kauten auf irgendetwas herum, versuchten mit irgendjemandem ein Gespräch zu beginnen, das nach zwei Sätzen wieder stockte. Keiner wollte eine Vermutung äußern, niemand laut aussprechen, niemand raten, wie viele Tote hier noch in der Erde lagen.

Schwaner, den der Anblick des ersten Fundorts tief getroffen und in die Knie gezwungen hatte, zwang sich selbst zur Routine und übernahm die Leitung. Kühl berechnend und vorausschauend spielte er die unterschiedlichen Szenarien im Geiste durch. Sollten sich womöglich bis zu dreißig weitere Leichen hier befinden, müsste er Kräfte aus den benachbarten Polizeidirektionen anfordern, das Landeskriminalamt einschalten, die Gerichtsmedizin in Gießen, womöglich noch weitere hinzuziehen, Hundertschaften der Bereitschaftspolizei hierher beordern. Alleine der Transport der Toten würde mehrere Bestattungsunternehmen erfordern, deren Fahrzeuge in der Schneise Schlange stünden.

Es würde ein unvorstellbarer Rummel ausgelöst werden. Nicht nur die zahllosen Beamten würden hier durch den Wald stolpern. Die Presse aus ganz Deutschland und darüber hinaus würde in Kompaniestärke anrücken. Horden von Gaffern und sensationsgierigen Freaks pilgerten hierher, um Bilder und Filme zu ergattern, die sie pausenlos ins Internet stellten. Sie würden nichts unversucht lassen, um bei nächstbester Gelegenheit auf das abgesperrte Gelände zu kommen.

Hinzu kam, dass die Gefahr einer undichten Stelle wachsen würde, je mehr Kollegen involviert werden mussten. Schon viele waren dem heimlichen Angebot eines Journalisten erlegen. Und das Letzte, was sich Schwaner in der jetzigen Situation vorstellen konnte, waren sensationsgierige Reporter, die fortlaufend Gerüchte, Mutmaßungen und Stimmungen verbreiteten und die keinerlei Respekt vor den Opfern

und deren Angehörigen zeigten – von den Ermittlungen ganz zu schweigen.
Schwaner telefonierte und beratschlagte sich mit dem Polizeipräsidenten und Oberstaatsanwalt Körner. Im engsten Kreis fiel die Entscheidung, die womöglich grundlegend für den schnellen Erfolg der Ermittlungsarbeit war. Alle Anwesenden wurden zu absolutem Stillschweigen vergattert und in eine Sonderkommission berufen. Die Grabstellen sollten nach und nach geöffnet werden, so wie es die jetzt verfügbaren Kräfte zuließen, selbst wenn es mehr Zeit beanspruchte. Der Wald wurde weiträumig abgesperrt und jedweder Zutritt untersagt. Als Grund dafür wurden mehrere Bombenfunde genannt, deren Räumung äußerst aufwendig und gefährlich sei. Man präsentierte der Presse sogar einen Blindgänger, angeblich im Stadtwald gehoben und entschärft, in Wirklichkeit ein Übungsstück aus der Polizeischule, welches, mit Erde und Morast eingerieben, auch die letzten Zweifler verstummen ließ.
Es wurden dreiundzwanzig weitere Leichen geborgen, sodass es in der Summe mit den zuerst Entdeckten insgesamt siebenundzwanzig waren: vierzehn Männer, acht Frauen, vier Kinder, ein Kleinkind. Einer der Ärzte der Gerichtsmedizin fühlte sich an die Öffnung von Massengräbern im Kosovo erinnert, an der er einst teilgenommen hatte. Nur seien dort keine Frauen und Kinder gefunden worden.

Neben der behutsamen Bestattung der Toten, auch in den anderen Gräbern lagen die Körper wie schlafend nebeneinander, war eine weitere Auffälligkeit, dass alle Gräber in einem sehr kurzen Zeitraum angelegt worden waren. Erste Untersuchungen vor Ort kamen auf eine Spanne von vier bis sechs Wochen. Messner datierte die Anlage dieses wilden Friedhofes auf Anfang Mai des Jahres zurück. Nicht nur der Status der Verwesung begründete diese Annahme, auch dass der Boden zu diesem Zeitpunkt wieder vollständig aufgetaut war und das Unterholz blickdicht grünte, zählten als weitere Argumente.
An keinem der Körper konnten Spuren eines gewaltsamen Todes entdeckt werden. Keine Knochenabsplitterungen, keine Hinweise auf Stich- oder Schussverletzungen, keine Quetschungen an den Gelenken oder Halswirbeln. Seltsamerweise, und das widersprach der sorgfältigen Bestattung, waren bei einigen Leichen Zähne aus dem Mund gebrochen – nach deren Tod und vermutlich des Goldes wegen. Die Analyse der stabilen Isotope lieferte zumindest erste Anhaltspunkte über die Herkunft der ansonsten identitätslosen Leichen. Sie kamen allesamt aus dem mittleren Osten und waren damit aller Wahrscheinlichkeit nach Flüchtlinge.
Daraus wurde zunächst abgeleitet, diese Menschen seien auf illegalen Wegen ins Land geschleust worden und auf Grund noch ungeklärter Umstände verstorben, womöglich in einem Transporter oder

Container erstickt. Als Beispiele dienten ähnliche Fälle in Österreich oder Frankreich. Allerdings hatte sich dort keiner die Mühe gemacht, die Toten zu bestatten. Man ließ sie einfach in den abgestellten Fahrzeugen liegen.

Gegen diese These sprach, dass die Opfer – zu diesem Zeitpunkt gingen die Ermittler davon aus, dass es Opfer waren und kein freiwilliger Tod zu Grunde lag – nicht an einem Tag vergraben worden waren. Es war kaum anzunehmen, dass die Schleuser im Falle mehrerer missglückter Transporte die Leichen immer am gleichen Ort beseitigten. Auch die aufwendige Art der Bestattung und die Zugabe von Gegenständen aller Art, meist Spielsachen oder kleinere Wertsachen, deuteten auf einen anderen Hintergrund hin.

Die stille Hoffnung aller Beteiligten, es könnte ein zwar schrecklicher, aber an sich erklärbarer Unfall, eine Krankheit oder eine Kette unglücklicher Umstände den Tod so vieler Menschen begründen, wurde radikal durch die weiteren Untersuchungen der Leichname zerstört. In den Körpern fanden sich hohe Konzentrationen von Kaliumchlorid, und dies in Mengen, die nicht durch den natürlichen Zerfall erklärt werden konnten. Es musste den noch Lebenden in einer tödlichen Dosis verabreicht worden sein. Damit lag die Vergiftung dieser Menschen auf der Hand. Es blieb die Frage offen, ob mit ihrem Wissen und Einverständnis oder nicht. Konnte es sich um einen rituellen Freitod handeln oder waren sie alle ermordet worden? Waren sie wirklich Opfer oder irregeleitete Selbstmörder?

7.09 Uhr

Schwaner betrachtet noch immer die aufgeschlagene Doppelseite der Zeitschrift, auf der ein kaum erkennbares Paar, die Gesichter waren seitlich nochmals vergrößert und völlig verpixelt abgebildet, sie mit Hut und breiter Sonnenbrille, der Mann daneben mit Vollbart und halb verdecktem Gesicht, in einem Park oder Garten zu sehen ist. Darüber stand fett gedruckt die Frage: „Doch kein Liebes-Aus bei Brangelina?“ Der Hauptkommissar wirft das Heft auf den Tisch zurück, wo es über die Platte segelt und auf der anderen Seite zu Boden fällt.
Wütend dreht er sich um und drückt seine Stirn so lange an die kühle Scheibe, bis ein stechender Schmerz einsetzt und er stöhnend den Kopf nach oben nimmt. Schwaner blickt nach draußen, über den Zaun hinweg in diese scheinbar geordnete Welt. Er sieht die Fenster, die, ob erleuchtet oder schwarz, symmetrische Muster bilden. Wie gespiegelt steht das Nachbarhaus daneben. Die gesamte Architektur strahlt Ruhe und Stabilität aus. Es ist ein in Stein gemauertes Versprechen nach Sicherheit, die nicht nur im Inneren herrscht. In dieser Welt ist alles an

seinem Platz, geht alles seinen gewohnten Gang, kann nichts die Ordnung stören.
Die Anwohner, selbst erst in ihre teuer erkauften Apartments eingezogen, wehrten sich vehement gegen die Idee, den Prozess in ihrer unmittelbaren Nähe stattfinden zu lassen. Unterschriftensammlungen, Demonstrationen bis hin zu Blockaden der Baustelle sollten ihrer Ablehnung Nachdruck verleihen. Anfangs war es die Angst vor Anschlägen und Aufmärschen rechter Gruppierungen, die als Grund genannt wurde. Insgeheim rechneten sich viele auf den Euro genau die mögliche Wertminderung ihrer frisch erworbenen Immobilie aus. Mit diesem angeblichen Verlust im Kopf, paktierten sie bald mit den „Bürgerlichen Bewegungen", um gemeinsam gegen die Behörden vorzugehen, die scheinbar unbeeindruckt an ihren Planungen festhielten.
Mehrere Bürgerstunden und Diskussionsabende endeten im Tumult. Die Anwohner waren zu keinem Kompromiss bereit, rückten keinen Millimeter von ihrer inzwischen strikten Haltung gegen den Prozess ab, stellten sogar dessen Wahrheit und Sinnhaftigkeit in Frage. Eier, Tomaten und Farbbeutel wurden geworfen, Fürsprecher offen bedroht und angespuckt. Der Oberbürgermeister mahnte zur Ruhe und bat um Toleranz. Es müsse in dieser von jeher offenen und liberalen Stadt jederzeit möglich sein, Recht zu sprechen, egal an welchem Ort. „Es gibt hier keinen rechtsfreien Raum oder Bezirk, in

welchen das Gesetz keinen Zutritt findet!“, so seine eindringlichen Worte, die zwar wenig fruchteten, aber seine unnachgiebige Haltung untermauerten.
Inzwischen war es ruhiger geworden, auch weil sich linke Autonome dem rechten Pöbel entgegenstellten und es zu mehreren Straßenschlachten gekommen war. Das brachte zumindest die Anwohner zur Räson, da diese sich mehr als um den Prozess um ihre Autos und ihre blitzsauberen Vorgärten sorgten.

Schwaner blickt auf die jungen Pappeln, die in regelmäßigen Abständen um das Gebäude gepflanzt sind. Dazwischen verlaufen die Pfade der Patrouillen, die auf dem kurzen Rasen von hier oben gut zu erkennen sind. Pausenlos umkreisen Teams von je zwei Mann das Gelände, das vordere immer in Sichtweite des folgenden. Die Polizisten sind schwer bewaffnet, mit Maschinengewehren, die sie schräg vor ihren dick gepolsterten Körpern tragen.
Auf der anderen Seite des Zauns, auf dem parallel verlaufenden Fußweg, kontrollieren in unregelmäßigen Abständen Beamte in Zivil die Umgebung. Jetzt steht dort ein Pärchen Arm in Arm, mit einem kleinen Hund an der Leine und schaut zum Fenster hinauf, in dem der Hauptkommissar steht. Es fehlt nicht viel und die beiden würden ihm winken. Wahrscheinlich rätseln sie gerade, wer er wohl ist und weshalb er sich hier oben befindet. Die Frau schmiegt sich noch etwas enger an ihren Begleiter. Vielleicht denken

sie, er ist der Mörder und es graust sie vor seinem Anblick.

Martin denkt an Sandra und ihr Lachen heute Morgen, als sie ihn mit seiner Verkleidung sah. „Wenn du so gehst, dann bleibst du vielleicht für die Journalisten unerkannt, aber die Polizei wird dich ganz bestimmt verhaften." Sie ging und kam mit einer dicken Nase an einem Gummiband zurück, darüber eine weit geschwungene Brille und darunter ein buschiger Schnauzer. Sie redete so lange auf ihn ein, bis er sich diese Maske, ein Überbleibsel irgendeiner Karnevalsveranstaltung, überstreifte. Sie bog sich vor Lachen und auch Martin grinste breit und schnitt Faxen. Er sah aus wie Charly Chaplin nach einem Verkehrsunfall. „So kannst du gehen, jetzt ist es perfekt!" Wie schön war es, dass sie heute wieder so ungezwungen miteinander umgingen, an diesem so wichtigen und bedeutenden Tag.
Sandra war von Anfang an mit dabei gewesen. Sie obduzierte vor Ort, half die skelettierten Leichen bergen. Am Abend saßen sie gemeinsam stumm in der Küche, nippten hin und wieder an ihren Gläsern, die sie fest in ihren Händen hielten. Ihre Blicke trafen sich kaum, denn sie wussten nicht, wie sie sich begegnen sollten. So hefteten sie sie ins Leere, irgendwohin, Hauptsache nicht in die Richtung des anderen. Es war ihnen unmöglich, etwas zu sagen. Alles, was sonst ihren Alltag neben dem Beruf

bestimmte und worüber sie abends ungezwungen plauderten, schien ihnen töricht und dumm. Es kam ihnen ungehörig, ja frevelhaft vor, ein beliebiges Thema anzusprechen. Jeder Gedanke schrumpfte, wurde zu einem Vergehen gegenüber den Toten, die sie im Wald ausgegraben und untersucht hatten. Es war eine Sünde gegenüber dem Andenken der dort Verscharrten, abends bei einem Glas Wein eine zwanglose Unterhaltung zu führen. Erst in der Nacht, in der vertrauten Wärme des Bettes, rückten sie nah zusammen, rollten sie sich ineinander, hielten sich bei den Händen und versuchten etwas Schlaf zu finden. War es in dieser Nacht oder in einer der unzähligen, die folgen sollten, dass Martin zum ersten Mal darüber nachdachte, ob dieser Beruf noch der richtige wäre, oder umgekehrt, er noch in der Lage war, diesen Beruf auszuüben?

Das Schweigen, das sie vom ersten Tag an gefangen hielt, es wollte nicht mehr weichen. Wie eine Wand stand es zwischen ihnen und jeder kauerte auf seiner Seite hilflos davor. So wie sie jedes banale Thema vermieden, grenzten sie auch die Toten selbst und die möglichen Gründe ihres Ablebens aus. Sie wollten sie mit aller Kraft aus ihrem privaten Bereich fernhalten. Sie stemmten sich beide gegen die Tür, während von außen die lebenden Toten um Einlass kämpften, so zumindest in Martins Traum, den er in dieser Zeit mehrmals in verschiedenen Variationen durchlebte und der ihm zusätzlich den Schlaf verleidete.

Nach fast einer Woche brach Sandra das Tabu. Sie saßen auf der Terrasse, vor ihnen der schon herbstliche Garten, als sie unvermittelt fragte: „Wer tut so etwas?“
Martin hob nur die Schultern. Er konnte nicht darauf antworten. Auch ihm fehlte jegliche Vorstellung, wer siebenundzwanzig Menschen vergiftete und aus welchem Grund. Er war wie gelähmt. „Sie müssen sich entemotionalisieren“, so der Rat der Ärztin vom psychologischen Dienst, die er gestern aufgesucht hatte. „Sie müssen Abstand halten.“
Wie sollte das gehen, wenn die Opfer ihn doch fest umklammerten, sich in seinem Kopf einnisteten und in allen Schatten lauerten? Und war dies nicht die Reaktion, die man als normal empfindender Mensch haben sollte? Wenn es nicht möglich war, als Polizist Mensch zu bleiben, wenn sogar das Gegenteil eingefordert wurde, konnte dies kein Beruf mehr für ihn sein. Vielleicht konnte Sandra als Rechtsmedizinerin weiterarbeiten, er konnte es als Kriminalbeamter nicht mehr. Dieser feste Entschluss und sein wieder erwachter Ehrgeiz, diesen Fall, seinen vielleicht letzten, aufzuklären, koste es, was es wolle, lösten mit einem Mal die Blockaden in ihm.

7.16 Uhr

Schwaner stößt sich von der Fensterbank ab, tritt zurück. „Wie lange dauert das?“, fragt er sich und meint damit mehr die kriechende Zeit, als die schleppenden Vorbereitungen zu diesem Verhandlungstag. Er ist unzufrieden mit sich. Noch immer weicht er seinen Erinnerungen aus. Er geht zurück zu seinem Stuhl, hebt dabei die herabgefallene Zeitschrift auf und blättert wieder darin, ohne es zu wollen. Nichts als Glamour und Gloria. Die Sorgen der Reichen und Schönen. Er klappt das Heft mürrisch zusammen und legt es zu den anderen auf den Tisch. Aus einem der Magazine rutscht eine Werbebeilage heraus. Grellbunte Kosmetikartikel, Tuben, Flakons, Döschen mit allerlei Cremes versprechen ein altersloses Aussehen, was durch Porträts makelloser Gesichter noch untermauert wird. Mit blumigen Beschreibungen und grandiosen Wortschöpfungen werden die Anwendungsgebiete und die zu erwartenden Resultate beschrieben. Alles ist „Anti-Aging“ und „Hautstraffend“: Das „Skin-Revival Serum“, die „Beauty Pearls“ oder die „Naked Skin Ultra Definition Powder Foundation“. Die Produkte sind brillant und in Hochglanz abgebildet.

Schwaner hält inne. Wie aus dem Nichts sind die Bilder in seinem Kopf. Er sieht ein kleines Zimmer, auf beiden Seiten Etagenbetten, von denen die unteren auch als Sitzgelegenheit dienen. Direkt gegenüber der Tür ein Fenster ohne Vorhänge, ohne Jalousien oder Rollläden. Davor die weite graue Leere eines Parkplatzes, über den ein kaltes, schmutziges

Licht hereinkroch. Er kann sich noch gut erinnern. Die Ödnis der Umgebung floss in jede Ecke des Raumes, besetzte jeden Fleck, jede Ritze. Einzig der Geruch nach Tee schien dem Widerstand zu leisten und verströmte einen süßen Duft von Wärme und Geborgenheit. Das war die kärgliche Unterkunft der Familie Kurdi.

Alle schwiegen. Es herrschte eine peinliche Stille. Die Kinder verbargen ihre Gesichter im Kleid der Mutter, starrten dann immer wieder die beiden Fremden an, die ihre Dienstausweise noch in Händen hielten. Der Vater verschloss hinter ihnen die Tür, trat zu seiner Frau und fasste sie bei der Hand. Schwaner und Beck standen unbeholfen da. Jetzt wurden sie von vier Augenpaaren gemustert, während sie selbst den Blicken auswichen und sich indiskret umschauten.

Ringsum kahle Wände. Nur zwischen den Betten waren Kinderzeichnungen angepinnt. Auf der einen Seite gegeneinander kämpfende Strichmännchen, auf der anderen idyllische Wiesen voller Blumen und Schmetterlinge. Das Bettzeug war einfarbig und erinnerte Schwaner an seinen Militärdienst. Eine nackte Glühbirne spendete ein freudloses Licht, das alle Gesichter fahl und blass erscheinen ließ. Unter dem fleckigen Heizkörper standen vier Paar abgetragene, schmutzige Schuhe. Ein kleiner Tisch war mit allerhand Geschirr überfüllt, dessen Dekore nicht zusammenpassten. Darunter stand ein überquellender Papierkorb aus billigem, gelbem

Kunststoff. Ein doppeltüriger Schrank einfachster Machart quetschte sich schief in die Ecke, darauf zwei abgenutzte Koffer.

Auf dem Boden stand ein großer Karton auf dem Kopf und diente als Tisch. Darauf lagen bunte Papierschnipsel in unterschiedlichen Formaten, aus den wöchentlichen Reklameblättchen ausgeschnitten. Sie zeigten Konserven, Obst, Gemüse, Kosmetik, Reinigungsmittel, andere Lebensmittel und allerhand Elektrogeräte. Bei vielen war der Preis mit ins Bild gedruckt, in einem Stern oder roten Klecks, so als sei er das eigentlich Besondere an dem dargestellten Produkt. In einem Plastikkästchen lagen einige Cent-Münzen und handgemalte Scheine von unterschiedlichem Wert.

Martin ging vor diesem selbstgebauten Tresen in die Hocke, prüfte interessiert die Auslagen und fragte: „Kann ich hier etwas kaufen?" Das Mädchen löste sich von der Mutter und ging flink hinter den Kaufmannsladen, setzte sich Schwaner gegenüber.

„Was hast du denn alles anzubieten?", fragte der Hauptkommissar.

„Tomaten, Pasta, Kartoffeln, Beans, Soap, Choclat, Bonbons, Appels, Wurst, Fromage …", zählte das Mädchen auf und ihre kleine Hand wanderte dabei von einem Bild zum anderen. Nachdem sie alles aufgesagt hatte, schwieg sie ernst und erwartungsvoll.

„Gut! Ich nehme einmal Bohnen und diese Dose Mais. Was macht das?"

Die Kleine nahm die Schnipsel in die Hand, ihre Lippen rechneten und verkündeten kurz darauf das Ergebnis: „Zweitausendfünfhundert Euro! Two thousand five hundred.“
„Tiam!“, rief der Vater erschrocken und dann noch etwas, das Schwaner nicht verstand.
„Zweitausendfünfhundert Euro?“, wiederholte der Hauptkommissar. „Das ist aber sehr teuer, so viel Geld habe ich gar nicht.“
„Macht nichts, gib mir, was du hast“, sagte das Mädchen ernst.
Schwaner fasste in die Seitentasche seines Jacketts und holte einige Münzen hervor.
„Reicht das?“ Er hielt ihr das Geld auf der flachen Hand entgegen. Das Mädchen nahm sich zwei Zehn-Cent-Stücke und antwortete: „Das ist genug. Du brauchst doch auch noch etwas für später.“
„Sorry, sorry!“ Der Vater trat zu den beiden heran und redete streng mit seiner Tochter. Wieder verstand Schwaner kein Wort. Zögerlich hielt ihm das Mädchen wieder die Münzen hin.
„Nein, nein. Danke! It‘s okay!“, wehrte Martin ab und schloss die kleinen Finger um die Kupferstücke. „It‘s okay!“
Schwaner stand auf. Er überragte den schmächtigen Vater um mehr als eine Kopflänge. „You have a nice daughter ... very nice ... and really smart. How old she is?” Der Angesprochene lächelte unbeholfen.
„Wie alt bist du?”, fragte er das Mädchen direkt.

„Sechs!“, kam die prompte Antwort, und die Kleine zeigte alle Finger ihrer rechten Hand und den linken Daumen dazu.
„Sechs“, wiederholte Martin und lächelte ihr zu. „Und du gehst schon zur Schule?“ Tiam nickte stolz.
„Willst du auch etwas kaufen?“, fragte das Mädchen den stumm dastehenden Beck mit großen Augen und geschäftiger Miene. Ihr Bruder hatte sich auch von der Mutter gelöst und spielte laut und demonstrativ mit einem neu aussehenden Spielzeugauto auf dem Boden.

Ein Stich geht durch Martins Brust, wie er in seiner Erinnerung die hübsche Tiam hinter ihrer selbstgebastelten Kaufmannstheke knien sieht. Der Vater sprach nochmals mit ihr, woraufhin sie aufstand und zur Mutter ging. Ihr tiefschwarzes, langes Haar glänzte. Im Vorübergehen lächelte sie Martin zu.
„Miss Kurdi, maybe you can help us?“, wendete sich Schwaner an die Mutter.

7.25 Uhr

Schwaner möchte etwas trinken, ein Glas Wasser oder Saft. Auch ist ihm plötzlich nach einer Tasse Kaffee. Es war doch sehr früh heute und wirklichen Appetit verspürte er am Morgen nicht. Sein kärgliches

Frühstück, ein Espresso und eine Scheibe Toast, liegt schon zwei Stunden zurück. So wird er den Tag nicht überstehen. Er geht zur Tür, zieht sie auf und tritt auf den Gang hinaus, der sich nach beiden Seiten etwa gleich lang erstreckt. Bei seiner Ankunft war er ihm gar nicht so weitläufig erschienen. Er wendet sich erst nach links in die Richtung, aus der er gekommen ist. Die nächste Tür ist verschlossen, die gegenüberliegenden gehören zu den Toiletten.

Er dreht um und geht zurück. „Zeugenzimmer" ist rechts neben der halboffen stehenden Tür angebracht. Heute Morgen war er blind dem Kollegen von unten hierher gefolgt und hatte nicht weiter darauf geachtet. Etwa drei Meter weiter steht er links vor einer Tür mit unbeschriftetem Schild und lauscht. Nichts ist zu hören. Er klopft, wartet einen Moment, drückt die Klinke nach unten. Der scharfe Geruch von Putzmitteln schlägt ihm aus der Dunkelheit entgegen. Nachdem diese Wolke verflogen ist, riecht es deutlich nach getragenen Schuhen und verschwitzten Textilien. Die Schuhe sind in dem einfallenden Lichtstreifen zu sehen und stehen vor einem schmalen Spint, die getragenen Kleider vermutet der Hauptkommissar darin. Diesem zweiten Schwall folgt der eigentliche Geruch, der den kleinen Raum beherrscht. Es ist eine Mischung aus beiden vorangegangenen, dem intensiven, stechenden Duft nach Chemikalien und dem nach muffigen menschlichen Ausdünstungen, die den Kommissar in das Alters- und Pflegeheim versetzen, in dem sie Kaduk, damals der erste Verdächtige, befragen wollten.

Er sieht den stämmigen Kerl mit dem pockennarbigen Gesicht, wie er durch die Tür des Stationszimmers getreten war und einen Augenblick verharrte. Seine Blicke sprangen zwischen ihm und seinem Assistenten Beck und dem hinter seinem Schreibtisch sitzenden Leiter des Hauses hin und her. Schwaner ließ die Musterung bewegungslos über sich ergehen. Umgekehrt taxierte er den Gerufenen ganz genau und beobachtete jede kleine Bewegung. Schwaner bohrte sich förmlich in den Kopf seines Gegenübers hinein, bis er glaubte, dessen Gedanken lesen zu können.

Hektisch versuchte Kaduk, den Sinn und Zweck zu erraten, warum er „umgehend ins Büro“ gerufen worden war. Sein Gesicht zeigte ein Wechselspiel von ernsten und sinnlos lächelnden Konturen. Einen Bruchteil einer Sekunde später, noch ehe sein Chef die Besucher vorstellte, verrutschte ihm das Gesicht vollends und ein kurzes Blitzen in seinen Augen verriet, dass er wusste, dass sie von der Polizei sind, warum sie ihn sprechen, vielleicht sogar auf der Stelle verhaften möchten.

Doch schon im nächsten Moment verschleierte sich sein Blick wieder, die Partien um Augen und Mund erschlafften, wurden zu einem zweiten Gesicht, das

durch einen unsichtbaren Mechanismus unter der hohen Stirn und dem schütteren Haar erschien.
Auch den kleinen, reflexartigen Schritt wieder aus der Tür hinaus konnte er nicht gänzlich unterdrücken. Der spontane Gedanke an Flucht, das schnelle Abwägen seiner Chancen, er, der kräftige, aber schwergewichtige Alte, gegen die beiden sehr sportlich erscheinenden jungen Polizisten, der eine sehr groß und drahtig, der andere untersetzt und stämmig. Noch einmal schätzte er die vor ihm Stehenden von oben bis unten ab. Kaduks Kopf senkte und hob sich. Wohin fliehen? Seine Überlegungen waren ihm förmlich ins Gesicht geschrieben, zumindest glaubte Schwaner sie daraus lesen zu können. Den Flur hinunter bis zur Treppe, dann die drei Stockwerke abwärts ins Freie? Aussichtslos, völlig aussichtslos, kapitulierte er innerlich. Schon an der Glastür zum Treppenhaus hätten sie mich eingeholt, würden mich vor aller Augen auf den Boden werfen oder doch sicherlich gegen die Wand drücken, Hände auf den Rücken, keine Bewegung, sonst... Kaduks Arme zuckten unwillkürlich nach hinten. Schwaner sah einen anderen Gedanken, einen anderen Ausweg in ihm aufblitzen.
Lieber doch hierbleiben, ruhig bleiben, nichts anmerken lassen. So tun, als ob man von nichts wüsste. Den Dummen geben. Blöd stellen. So blöd, dass es ein halbwegs denkender Mensch gar nicht begreifen kann. Unter diesem Vorsatz straffte sich sein Rücken

und die Brust wurde etwas breiter. Kaduk ließ die Tür los und trat einen Schritt auf ihn zu, als stelle er sich einem Kampf.
Tatsächlich ist Kaduk auch dumm, zumindest sagten das die späteren Tests, die mit ihm durchgeführt wurden. Sie bescheinigten ihm eine weit unterdurchschnittliche Intelligenz.

In Schwaners Kopf taucht das Bild des verhafteten Kaduk am Tisch in einer der zahllosen Vernehmungen auf. In seinen Erinnerungen verschwimmen die vielen Stunden der Befragungen zu einem einzigen, zeitlosen Band ununterbrochener Gespräche. Kaduk hatte auf das Beisein eines Anwaltes verzichtet und schien die Verhöre wie eine Art Beichte anzunehmen. Er erzählte völlig offen und in unerbittlicher Ehrlichkeit. Sie waren auf die in einigen Gräbern gefundenen Beigaben, Blumen, Spielsachen und Stofftiere zu sprechen gekommen. Kaduk antwortete: „Da waren doch auch Kinderchen dabei, netwahr, so kleine Kinderchen …“, er hielt seine mächtigen Hände etwa schulterbreit auseinander, „ … die konnte ich doch nicht einfach in die Erde legen, netwahr, die waren doch so unschuldig, die schliefen doch fast, wie kleine Engel, so sahen die aus, wie kleine Engel, nur kalt waren se …“ Er machte eine Pause und schaute zu Schwaner herüber. Da war er wieder, dieser Blick, diese Augen,

diese völlige Leere und Kälte, die in einem absoluten Widerspruch zu seinen Worten stand. Es war darin nicht ein Funken Mitgefühl zu erkennen.
„Und andere, Herr Kommissar, das waren so halbe Menschen, netwahr ...“, er hielt seine Hände weiter auseinander, „ ... weder Kind noch erwachsen. Da hab ich dann in den Sachen etwas gesucht, das ich ihnen mitgeben konnte, netwahr, so etwas Kleines, als Erinnerung, vielleicht können sie es brauchen, dort, wo sie jetzt sind ...“
Auf die Frage, warum er das alles getan habe, antwortete er: „Das war so, Herr Kommissar. Ich war doch im Altenheim, als Pfleger, netwahr. Da waren so ein paar Leute, wirklich alte Leute, verstehen Se, ganz alt und krank, sehr krank waren die. Die sagten immer zu mir: ‚Papa Kaduk‘, so haben die mich genannt, ‚Papa Kaduk, wenn doch nur alles vorbei wär‘, netwahr, das sagten die zu mir. ‚Wenn doch bald alles vorüber wär, das ist doch kein Leben, das ist doch kein Sterben‘, netwahr. Und dann nahmen se meine Hand und drückten se und flehten mich an, mit ihren Augen, so Augen voller Schmerzen, netwahr ...“
Kaduk schüttelte den Kopf, als würde dadurch etwas aus ihm herausfallen und für immer verschwinden. Er verbarg sein Gesicht hinter seinen Händen, doch als er es wieder freigab, war keine Trauer, keine Träne darin zu sehen.
„Und weiter?“, fragte Schwaner.

„Da bin ich zu Clement oder vielmehr, da hab ich den Herrn Clement angesprochen. Ich wusst ja, dass er Arzt ist, netwahr …"
„Sie kannten Dr. Clement schon vorher?", unterbrach ihn Schwaner gleich wieder.
„Ja, ja, Herr Kommissar! Wir kannten uns lange schon. Sind doch beide aus Siebenbürgen, netwahr. Da waren wir zusammen bei den Treffen der Vertriebenen, daher kannten wir uns, von klein auf, netwahr. Er war da ja Vorsitzender gewesen, viele Jahre."
Kaduk schwieg plötzlich und wusste offensichtlich nicht mehr, wie er zu den Treffen der Siebenbürger Sachsen gekommen war. Er schluckte einige Male heftig, nippte an seinem Wasserglas und stellte es unbeholfen auf den Tisch zurück.
„Sie sind also zu Dr. Clement gegangen …", half ihm Schwaner, zunächst ohne Erfolg, wie es schien. Er ging einen weiteren Schritt zurück. „Da waren die alten Leute, die Sie angefleht haben, mit ihren Blicken. Und dann sind Sie zu Dr. Clement gegangen …?"
„Ja, ja, richtig, Herr Kommissar. So war das. Ich bin zu Clement gegangen und hab ihm das erzählt, wie das so ist, im Pflegeheim, mit den alten Leuten, netwahr."
Wieder stockte Kaduk, schien abermals seinen Gedanken verloren zu haben. Sein Kiefer mahlte und mit seiner mächtigen Hand strich er sich übers Kinn, sodass die Barthaare über die raue Innenfläche schmirgelten.

„Eines Tages steckte er mir diese Tropfen zu ...“, fuhr Kaduk plötzlich und mehr zu sich selbst fort. „Sagte, das würde meinen Alten helfen, schnell und schmerzfrei, die würden gar nichts merken, netwahr, sondern einfach einschlafen. Es wär ne gute Tat, sagte er noch, eine gute Tat.“
Abermals schwieg Kaduk und strapazierte damit die Nerven des Hauptkommissars aufs Äußerste.
„Und Sie haben diese Tropfen dann den Patienten gegeben?“ Schwaner hatte Mühe, seine Stimme zu zügeln.
„Ja!“, antwortete Kaduk sofort, um gleich darauf „Nein!“ zu sagen.
„Ja, nein. Was denn jetzt?“ Besonders in der Anfangszeit der Vernehmungen verzweifelte Schwaner an dieser schwerfälligen Art, mit der sich Kaduk die Würmer aus der Nase ziehen ließ.
„Erst einmal nicht, Herr Kommissar. Erst einmal habe ich die Tropfen versteckt, bei mir zu Hause, netwahr. Ich hab sie dort versteckt, wo ich sie nicht sehe, unten im Keller. Hab mir gedacht, vielleicht vergesse ich ja, wo ich sie versteckt hab.“ Fragend und gleichzeitig lächelnd blickte er zu Schwaner herüber, der mit einem nur angedeuteten Nicken so etwas wie Verständnis signalisierte. Mehr noch war es aber eine Aufforderung, weiterzuerzählen.
„Dann war da die Frau Stellmann, netwahr. Eine wirklich liebe, alte Frau, die Frau Stellmann. Die war zu allen immer nett und freundlich, besonders zu

mir, da war se besonders freundlich, netwahr. Hat mich gern gehabt, hat se mir auch gesagt, die Frau Stellmann. Hat mir gewunken, wenn se mich sah, und hat sich gefreut." Kaduk strahlte über das ganze Gesicht. ‚Papa Kaduk! Papa Kaduk!' hat se gerufen, schon von weitem, winkte und lachte. So hat se gewunken ..." Kaduk ließ seinen Ellenbogen auf der Tischplatte stehen und bewegte den Unterarm leicht hin und her. „... so, netwahr, ganz schwach, und hat dabei gerufen und gelächelt." Kaduk hielt einen Moment inne und schluckte.

„Hatte Krebs, die Frau Stellmann, schwer Krebs, überall, hat se mir selbst erzählt. Die Ärzte haben se aufgegeben, sagte se. Nicht dass Sie glauben, Herr Kommissar, ich erzähle hier Krankengeschichten weiter, aus den Papieren, nee, nee, so was mach ich nicht. Das ist verboten, das sind geheime Sachen, die da in der Akte stehen, das geht niemanden was an. Aber die Frau Stellmann hat mir das erzählt, und anderen auch, eigentlich der ganzen Station hat se es erzählt. Deshalb kann ich es auch Ihnen erzählen, Herr Kommissar, netwahr, es ist ja sozusagen schon öffentlich gewesen." Schwaner versicherte, dass er korrekt gehandelt hätte und alles in bester Ordnung sei. Keiner mache ihm einen Vorwurf. Es bedurfte dennoch einiger Minuten und wiederholten Lobes seines pflichtbewussten Handelns, bis sie wieder zu Frau Stellmann zurückkommen konnten.

„Und einsam war se, die Frau Stellmann. Niemals war Besuch für se da. Dabei hatte se Kinder, zwei Söhne, eine Tochter, hat se mir erzählt. Einmal, da standen Blumen an ihrem Bett, da hab ich mich schon gefreut für se, für die Frau Stellmann hab ich mich gefreut, Herr Kommissar, das müssen Sie mir glauben, wirklich gefreut hab ich mich da. Hab auch gleich gefragt, von wem die sind, die schönen Blumen ... da sagte se mir, die hätte die Schwester gebracht ...“ Kaduks Schultern fielen nach unten, sein ganzer Körper sackte zusammen. Er schien auch heute noch verzweifelt und enttäuscht von den treulosen Kindern der Frau Stellmann. Mit trockener Stimme, fast tonlos, fuhr er fort: „Später hab ich erfahren, dass die Blumen von der Frau Leander waren, zwei Zimmer weiter. Die war in der Nacht verstorben. Und weil die Blumen noch so schön waren, die waren erst tags zuvor von der Tochter von der Frau Leander gebracht worden, da hat die Schwester die Blumen der Frau Stellmann ins Zimmer gestellt. Die Schwester mochte die Frau Stellmann auch sehr, netwahr.“
Kaduk schwieg. Er schien endgültig in seinen Erinnerungen gefangen zu sein. Schwaner ließ ihm einige Augenblicke, notierte sich die Namen Stellmann und Leander, obwohl dies sicher schon Beck hinter der verspiegelten Scheibe getan hatte. Zudem wurde jedes Wort aufgezeichnet und anschließend das gesamte Verhör protokolliert.

„Was war dann weiter mit der Frau Stellmann?", holte Schwaner sein Gegenüber wieder ins Hier und Jetzt zurück. Kaduk richtete sich auf und schien tatsächlich verwirrt, als sei ihm nicht ganz klar, wo er sich befand. Er drehte den Kopf zum Beamten an der Tür, wippte einige Male mit dem Oberkörper und sagte dann unvermittelt: „Ich hab ihr dann die Tropfen gegeben … bei meinem nächsten Nachtdienst … einfach in die Kanüle reingespritzt … ging auch wirklich ganz schnell … hat nichts gespürt … ist im Schlaf fortgegangen, die Frau Stellmann."

7.32 Uhr

Schwaner schreckt aus seinen Gedanken auf und schlägt unbeabsichtigt die Tür zu, worauf ein lauter Knall durch den Flur hallt. Der Geruch nach Putzmitteln verflüchtigt sich in dem kurzen Luftstoß. Wie ertappt bleibt Schwaner stehen. Einen kurzen Moment später lugt ein Kopf eine Tür weiter heraus und der Hauptkommissar traut zunächst seinen Augen nicht. Liegt es an den Erinnerungen, die ihm eben noch so gegenwärtig waren, oder halluziniert er jetzt schon? Das ist Kaduk, ganz eindeutig! Nein, das kann nicht sein! Schon gar nicht Kaduk, das ist unmöglich.
Der Kopf bekommt einen Körper. Der Mann, der wie Kaduk aussieht, tritt auf den Gang und fragt, ob er

helfen kann. Schwaner mustert die Gestalt von oben bis unten. Die Statur gleicht nicht der von Kaduk, der breitschultrig und kräftig gebaut war. Dieser Mann hier ist schmal, seine Hüften so breit wie seine Schultern. Nur sein Bauch wölbt sich spitz hervor und spannt die Knöpfe. Auf der blauen Brust von ihm steht „Justiz". Schwaner blickt dem Beamten nochmals ins Gesicht, sieht in trübe, doch misstrauisch fragende Augen. Es ist die gleiche, unsichere Mimik wie bei Kaduk. Eine Maske, seit Jahren angeeignet und immer parat, sobald eine Situation eintritt, die im ersten Moment nicht einzuschätzen ist.
Lange stehen sie stumm voreinander, fast eine Ewigkeit, die doch nur wenige Sekunden währt.

„Wie oft hat Ihnen Clement denn solche Tropfen gegeben?" Schwaners Gedanken schweifen wieder zu dem wahren Kaduk zurück.
„So vier, fünf Mal, glaube ich, vielleicht auch öfter. Ich weiß es nicht mehr genau, netwahr. Fragen Se ihn doch mal. Er wird es besser wissen."
Schwaner wollte Kaduk noch nicht damit konfrontieren, dass Dr. Clement jegliche Beteiligung an den Patientenmorden abstritt. Er habe dem schwachsinnigen Kaduk nie irgendwelche Substanzen gegeben, behauptete Clement bei seiner Vernehmung. Das seien reine Erfindungen, Phantastereien eines Idioten.

„Wie viele Tropfen haben Sie pro Patient verwendet?“, fragte der Hauptkommissar ungerührt weiter.

„Er sagte, zwanzig genügen, netwahr. Ich hab aber immer mehr genommen, meist das Doppelte. Ich wollt ja nicht, dass sie leiden, netwahr. Da dacht ich mir, besser dreißig oder vierzig.“ Auch hier lächelte Kaduk herüber, als sei er für dieses geschickte und barmherzige Verhalten zu loben, ja, er forderte dieses Lob geradezu ein.

„Und die Tropfen waren in solchen Fläschchen?“ Schwaner zog eine kleine Flasche aus braunem Glas aus seiner Jackettasche und stellte sie auf den Tisch. Sie hatten sie in Kaduks Wohnung sichergestellt. Allerdings war darauf kein Etikett geklebt, und auch innen waren keine Rückstände mehr nachweisbar. Es war bloß ein Verdacht.

Kaduk beäugte den kleinen Gegenstand mit der weißen Kappe wie etwas Verbotenes. Er rückte sogar etwas mit seinem Stuhl zurück und wandte sich ab wie ein Kind, dem etwas in seinen Augen Ungenießbares zum Essen angeboten wird.

„Erkennen Sie es wieder?“, bohrte Schwaner nach.

„Ja, ja. Solche Fläschchen waren das, ja, ja.“ Kaduk schaute gar nicht wirklich hin.

„Und in einer solchen Flasche sind …?“

„Hundert Milliliter, immer hundert Milliliter“, antwortete Kaduk sofort.

„Dann reichte ein Fläschchen also für zwei …“

„Drei, meistens drei, Herr Kommissar. Ich hab es mir so eingeteilt, dass es für drei reichte.“ Jetzt war ein gewisser Stolz in Kaduks Stimme wahrnehmbar.
„Also haben Sie etwa fünfzehn Patienten… .“ Schwaner wusste nicht, was er sagen sollte. Ermordet? Das würde Kaduk womöglich verschrecken und zum Schweigen bringen. „… geholfen?“, fügte der Hauptkommissar nach einem kurzen Moment an.
„Ja!“, stimmte Kaduk zu, um dann gleichgültig anzufügen: „Vielleicht auch ein paar mehr.“
Dies war eine der Situationen, in denen es Schwaner ein Höchstmaß an Kraft und Konzentration kostete, ruhig und kühl zu bleiben und nach außen keine Regung zu zeigen. Zum Schein las er in seinen Papieren. Der Name Clement tauchte in den Notizen auf und in Schwaners Erinnerungen erschien sofort das Bild des Arztes, wie er lässig auf dem Stuhl saß und in seiner arroganten, überheblichen Art lächelte und mit kaum bewegten Lippen sprach: „Der Wert des Menschen, wer kann den schon bemessen? Es gibt Zeiten, da ist ein Menschenleben gar nichts wert. Denken Sie doch nur einmal an die zahllosen Kriege oder politischen Umstürze. Was galt da ein Menschenleben? Gar nichts! Millionen und Abermillionen wurden geopfert. Und leben wir nicht in genau solchen Zeiten, voller Kriege, Umwälzungen und Revolutionen?“
Schwaner hörte sogar die Stimme in sich. Diese gezischten Sätze aus den zusammengepressten

Lippen, diesem fast unbewegten Mund, tonlos, doch gleichzeitig eindringlich und von der grenzenlosen Überzeugung getragen, in allem Recht zu haben. Dieser Narzissmus war unauslöschbar in Clement eingebrannt und er wäre niemals auf die Idee gekommen, dass etwas anderes, eine andere Sichtweise, eine andere Meinung eine Bedeutung haben oder gar wahr sein könnte.

„Wahrheit? Welche Wahrheit soll es denn sein? Ihre? Die des Staatsanwaltes? Die des Richters? Die der Presse? Oder die des Pöbels? Alle glauben sie die Wahrheit zu kennen. Und ist es eine Lüge, so wird sie so oft wiederholt, bis sie wahr erscheint." Eine dieser typischen Clement'schen Besserwissereien.
Glichen die Antworten Kaduks in den Vernehmungen einer Beichte, so gestalteten sich Clements Aussagen als endlose Predigten, die er, wie von einer Kanzel herab, hielt. Es waren selbstgebastelte Weisheiten und philosophische Gedanken, die er mit sichtlichem Stolz vortrug. Begierig wartete er auf Reaktionen, und ob sein Zuhörer den Ball aufnehmen und ihm zurückspielen würde. Insgeheim hatte er sich schon ein, zwei weitere Sätze zurechtgelegt, die er sofort retournieren könnte.
„Wussten Sie nicht, nicht Gott hat die Menschen erschaffen, die Menschen erschufen Gott." Dabei lächelte er selbstzufrieden und überheblich, als hätte er soeben die Welt aus den Angeln gehoben.

„Ich bin nur eine Kugel im Lauf des Lebens." Bei diesem Ausspruch Clements musste Schwaner ein solches Gesicht gemacht haben, dass Clement den Rest der Vernehmung schwieg.
„Manchmal wird man vom Schicksal in sein Leben gezwungen." Das sagte er ein anderes Mal, als er über sein schweres Dasein in begüterten Verhältnissen schwadronierte.
„Wen der Tod einmal auf seiner Liste hat, den streicht er nicht mehr." Dabei zupfte er sich ein Haar vom Hosenbein, als sei es ein Menschenleben und er der Gevatter höchstpersönlich.
Und einmal, als sie auf die Opfer und deren Schicksale zu sprechen kamen: „Und wovor sind sie denn geflohen? Sie sind vor Gott geflohen oder vor dem, was ein anderer ihnen als Gott vorsetzte. Die Menschen sind sehr erfinderisch in dem, was Gott möchte, wie Gott ist und wie man ihm zu dienen hat."
„Sie glauben an Gott?" Schwaners Ton war aggressiver, als er beabsichtigte. Es war sehr auffällig, wie oft Clement auf Gott zu sprechen kam oder auf ihn verwies, wenn es galt, ein ungerechtes Schicksal anzuklagen. Umgekehrt, bei Erfolgen und Siegen, gebührte das Lob meist ihm selbst und seinem brillanten Geist.
„Machen Sie sich um meinen Seelenfrieden keine Gedanken. Ich habe meinen ‚Personal Jesus', dem ich meine Sünden gestehe, gegenüber dem ich Buße tue und der mir vergibt."

„Aber müssten Ihnen nicht zuerst die Opfer vergeben? Ist eine Versöhnung ohne sie überhaupt möglich?“ Schwaner wollte bewusst provozieren und Clement aus seiner selbstgerechten Ecke scheuchen.
„Vielleicht schon, aber sehen Sie, da gibt es ein Problem. Die guten Seelen können einem nicht mehr vergeben. Sie würden es sicherlich tun, wenn sie wüssten, welche Gründe es für denjenigen gab und wovon er sie schließlich befreite.“
Clement hielt einen Augenblick inne, faltete theatralisch die Hände und zitierte mit geschlossenen Augen:

„Bleib mit deiner Gnade bei uns,
Herr Jesu Christ, ach, bleib mit deiner
Gnade bei uns, du treuer Gott.“

Als er den reglos dasitzenden Hauptkommissar daraufhin ansah, umspielte ein spöttisches Lächeln seinen Mund.
Schwaner war zum Kotzen zumute. Der Dünkel des Arztes umgab Clement, nein, er trug ihn vor sich her wie eine Monstranz. Er stellte sich unablässig auf den Sockel des Gebildeten und dozierte von oben herab, quälte seine Umgebung mit seinen Gedanken, die unentwegt um ihn selbst kreisten.
Im Kommissariat und später im ganzen Präsidium machte bald ein Witz die Runde: „Du, was ist eigentlich ein Klugscheißer? Weiß nicht, frag doch Dr. Clement.“

„Ich ein Mörder? Ich bitte Sie. Ist denn der Henker ein Mörder? Ist der Richter, der anderen eine Strafe zumisst, schuldig?“ Seine Lippen waren farblose Striche unter einer spitzen, schmalen Nase. Das Haar lag säuberlich gekämmt über der Stirn. „Verstehen Sie mich bitte nicht falsch, ich möchte damit nichts leugnen. Leugnen heißt, etwas zuzugeben. Nur wer etwas weiß, kann etwas abstreiten. Ich weiß von alledem, was Sie mir vorwerfen, nicht das Geringste. Ich philosophiere nur so vor mich hin – anders als dieser Schwachkopf, den Sie da als Zeugen haben. Der ist ein Mörder, ein Schlächter, eine Bestie. Bei mir sind es lediglich Gedanken.“

Schwaner drängte die Erinnerungen an Clement aus seinem Kopf. Er starrte noch immer auf das Papier in seinen Händen. Kaduk saß da, unbewegt und sichtlich unberührt von der Frage, ob es jetzt fünfzehn Menschen oder mehr waren, die er auf dem Gewissen hatte. Er schien sich darüber keine Gedanken zu machen. Mehr haderte er mit seinem Schicksal.

„Wissen Se, Herr Kommissar, das Glück kam nie zu mir, niemals, ganz gleich, was ich versucht hab. Ich wollt es mit guten Taten locken, netwahr, manchmal wollt ich es auch zwingen oder fangen. Es beachtete mich nicht. Ich kaufte Lose, Lotteriescheine und spielte. Ich wollt, dass das Glück mich überfällt, verstehn Se?“ Kaduk lächelte Schwaner Verständnis suchend an, senkte dann die Augen auf seine gefalteten Hände.

„Es kam nicht, nicht einmal … Was wäre gewesen, wenn ich nur einmal Glück gehabt hätte im Leben, vielleicht auch mit einer Frau, netwahr?“ Kaduk suchte in Schwaners Gesicht nach einer Reaktion auf sein Geständnis. „Zum Schluss hab ich geglaubt, ich könnt das Glück kaufen, verstehn Se, Herr Kommissar? Aber das funktioniert nich … nicht bei jemandem wie mir … da hat der liebe Gott was dagegen.“
Wieder Gott!, dachte Schwaner bei sich. Was sind die alle so gläubig?
„Glauben Sie an Gott?“, fragte er eher mechanisch und bereute es sogleich. Die Frage war ein Fehler. Sie führte, gerade bei labilen Persönlichkeiten, unweigerlich zur eigenen Rehabilitierung, da der Täter Gott und den Teufel, das Schicksal, die Kirche, die Gesellschaft, die Familie oder einfach alle für sein Handeln verantwortlich sah.
„Gott war nie auf meiner Seite, glauben Se mir, Herr Kommissar. Ich hab ihn oft angerufen, zu ihm gebetet, mit ihm gestritten, alles vergebens …“ Kaduk schüttelte resigniert den Kopf.
„Als Sie die Leichen der Kinder im Wald vergraben haben, haben Sie da auch zu Gott gebetet, oder wie muss ich mir das vorstellen?“ Schwaner wollte mit seinem Zorn seinen Fehler von eben korrigieren, wollte Kaduk nicht aus seiner Schuld entlassen.

7.32 Uhr

Und jetzt steht dieser zweite Kaduk vor ihm, den er unbewusst grimmig anschaut. Der Justizbeamte baut sich zu voller Größe auf und klemmt seine Daumen in die Hosentaschen. Trotzdem bleibt er einige Zentimeter kleiner als Schwaner und muss leicht zu ihm aufblicken.

„Gibt es hier irgendwo etwas zu trinken, einen Kaffee, ein Glas Wasser, oder auch beides?“, fragt Schwaner freundlich.

„Darf ich erst einmal erfahren, wer Sie sind?“, fragt der schmalbrüstige Beamte. Dabei sinkt sein Kopf wieder zwischen die Schultern.

„Schwaner, Hauptkommissar Schwaner. Ich bin heute hier als Zeuge geladen.“

„Sie sind schon da? Das hat mir niemand gesagt. Ich hab Sie gar nicht erkannt. In der Zeitung sehen Sie ganz anders aus.“ Sein Gegenüber entspannt sich, wendet sich zum Gehen und spricht weiter über die Schulter: „Kommen Sie. Wie sind Sie denn hier reingekommen? Und wann? Es ist doch noch sehr früh. Es dauert bestimmt noch mehr als eine Stunde, bis es losgeht …“ Schwaner geht die wenigen Schritte hinter dem plötzlich so zuvorkommenden Beamten her und biegt in das Zimmer ein. Auch hier riecht es nach getragenen Kleidern und dem Versuch, den Mief mit Deodorant zu bekämpfen. Das Zimmer ist fensterlos. Zwei Schreibtische stehen Seite an Seite, der linke ist noch verlassen, auf dem rechten steht eine benutzte Tasse. Gegenüber den beiden Tischen sind mehrere flache Bildschirme an die Wand montiert, bis auf den mittleren sind alle aus. Das Bild zeigt einen menschenleeren Saal, es könnte ebenso gut eine Fotografie sein, da sich darauf überhaupt nichts bewegt.

„Viel kann ich Ihnen nicht anbieten. Die Kollegin von der Cafeteria ist noch nicht da. Sie kommt auch immer sehr knapp. Der Richter Hofmeyer hatte sich auch schon mal beschwert, dass es bis zur ersten Unterbrechung meist nichts gibt. Schon gar nicht vor Sitzungsbeginn. Das stört die Kollegin aber nicht. Die kommt nach wie vor um neun, weil sie erst ab dann bezahlt wird, wie sie sagt. Dafür geht sie früher …“

Der Justizbeamte unterbricht seinen Redeschwall für einen Moment und forscht den Blicken des Hauptkommissars nach. „Ja, ja, hier residieren ich und mein Kollege. Hübsch ist anders, ich weiß. Aber es ist ganz praktisch, wenn die Tür zu ist und das Licht aus, dann stört auch kein Tageslicht …“

Er geht redend zu einem Schrank in der hinteren Ecke, nimmt von dort eine Tasse, stellt sie unter eine leuchtend rote Kaffeemaschine, entnimmt einer Schachtel ein Döschen, klappt routiniert einen Hebel nach oben, zieht den Kapselträger heraus, klopft den verbrauchten Inhalt in den Mülleimer, legt die neue Kaffeekapsel ein, lädt die Maschine und drückt einen Knopf, woraufhin sofort ein tiefes Brummen einsetzt.

„Milch habe ich keine, nur Zucker. Mein Kollege trinkt gar keinen Kaffee. Ist meine eigene Maschine, habe ich mir mitgebracht. Damit ich nicht von der faulen Alten da unten abhängig bin. Manchmal sitzen hier morgens fünf, sechs Mann und geiern auf einen Kaffee. ‚Wenn ihr einen Kaffee wollt, dann müsst ihr auch mal einen mitbringen', habe ich ihnen letztens gesagt. ‚Ich bin doch nicht die Wohlfahrt.' Seitdem ist es ruhiger geworden ..."
Das unaufhörliche Geplapper hat eine beruhigende Wirkung auf den Hauptkommissar. Er beäugt den Justizbeamten bei jedem Schritt. Die Ähnlichkeit ist wirklich verblüffend. Er hätte der Bruder von Kaduk sein können. Der andere spürt, dass er beobachtet wird.
„Ich weiß, was Sie denken. Was glauben Sie, wie ich gestaunt habe, als der eine Angeklagte, dieser Kaduk, hier zum ersten Mal vorgeführt wurde. Und nicht nur ich. Alle haben sie gestaunt und geglotzt. ‚He, Bauer',– ich heiß nämlich Bauer, ‚ist das dein Bruder?', fragte mich gleich am ersten Tag ein Kollege. Ich schau hin und denk, mich trifft der Schlag. Das gibt's doch gar nicht. Ich glaub, ich schau in den Spiegel. So ein Zufall ..."
Der Justizbeamte reicht Schwaner die dampfende Tasse, die dieser dankbar annimmt. Kaffeeduft steigt ihm augenblicklich in die Nase. Ja, Zufall. Was war das damals für ein Zufall gewesen. Bis heute konnte er ihr unglaubliches Glück von damals gar nicht

fassen. Bisher waren ihm Begriffe wie Schicksal oder Zufall mehr als suspekt gewesen. Er misstraute nicht nur auf Grund seiner Ausbildung der Vorstellung, dass ihm etwas ohne sein Zutun einfach in seinen Schoß fiel – in diesem Fall an sein Ohr drang –, das alle Rätsel schlagartig löste, den Vorhang lüftete, den Nebel vertrieb und Funken in seinem Kopf schlug. Doch es war so geschehen damals. Plötzlich waren alle losen Glieder miteinander verbunden gewesen und die Lösung aus dem Nichts in seine Arme gesprungen.

Schwaner war damals, völlig gegen seine Gewohnheiten, in die Kantine gegangen, um sich etwas zum Frühstück zu besorgen. Das Mittagessen versäumte er so gut wie nie, doch hätte er es an zwei Händen abzählen können, wie oft er sich morgens etwas zu essen holte. Am Tisch gleich neben der Ausgabe saßen einige Kollegen, als Connie, eigentlich Cornelia Weber-Tejedor, zum damaligen Zeitpunkt Leiterin einer Sonderkommission, die sich mit einer Reihe von Todesfällen in einem Seniorenheim beschäftigte, plötzlich in die Runde fragte: „Aber wozu in Gottes Namen braucht ein Krankenpfleger einen alten Leichenwagen?“

Was war es gewesen, das ihn in diesem Augenblick dorthin getrieben hatte? Warum schrie gerade zu jenem Zeitpunkt sein Magen nach etwas Essbarem, obwohl er, wie jeden Morgen, zu Hause gefrühstückt hatte? Warum betrat er genau in dem Moment die

Kantine, keine Sekunde früher, keine später, als laut diese Frage am Tisch gestellt wurde? Wäre er jemandem auf der Treppe begegnet und hätte ein paar belanglose Sätze gewechselt, er wäre zu spät gekommen. Oder wäre womöglich alles genauso auch die paar Minuten später abgelaufen? War er das Signal, wodurch die Ereignisse sich erst in Bewegung setzten, wie ihnen vorbestimmt war? Welche geheime Macht richtete die Situation so ein, setzte die Kollegen, Connie und wen auch immer an diesem Morgen Kaffee trinkend an diesen Tisch?

Alle diese Fragen und einige mehr stellte sich der Hauptkommissar erst später. Er fand bis heute keine Antworten. Früher mokierte er sich selbst über unsinnige Drehbücher oder absurde Handlungen, die durch einen Zufall oder eine unrealistische Wendung gelöst wurden. Selbst Hitchcocks Manie, mit einem MacGuffin zu arbeiten, wie zum Beispiel in Vertigo, wo Scottie nach Jahren der Verzweiflung Judy durch Zufall in den Straßen von San Francisco wiederfindet, fand er völlig unrealistisch und abgeschmackt. Der Psychologin, die er im Laufe des Falles immer wieder aufsuchte, schilderte er seine in ihm nagenden Zweifel. Sie erklärte es ihm mit dem Fachbegriff der Relevanz. Die menschliche Wahrnehmung passe sich aktuell wichtigen Situationen und Umständen an und registriere demzufolge dazu passende Signale verstärkt. Würde er nicht aktuell an diesem Fall arbeiten, hätte er den am Tisch gesprochenen Satz

mit Sicherheit überhört oder er wäre ihm überhaupt nicht wichtig erschienen. So aber löste jener Satz in ihm eine ganze Reihe von Assoziationen aus, die zusammen ein stimmiges Bild ergaben.
Schwaner war auch mit dieser Erklärung nicht zufrieden. Er fragte auch damals nicht: „Was hast du gesagt?" oder „Wiederhole das bitte noch mal." Das fand in Filmen statt, damit auch der letzte Zuschauer kapierte: Achtung, jetzt kommt eine wichtige Szene, pass auf! Es war vielmehr wie ein Schock für ihn, der nicht nur zu einem Hinweis oder einer Spur führte, sondern schlagartig zu einer der Schlüsselfiguren, die aus dem Nichts auftauchte, und somit der Anfang der Lösung.
Schwaner hatte sich damals mechanisch zum Tisch gedreht. Nicht er hatte gesprochen, es war ein anderer. Er hörte nur die Frage: „Wie heißt der Mann?" und auf die prompte Antwort, die kam: „Wo finde ich ihn?" Grußlos hatte er sich abgewandt und war hinausgelaufen. Vergessen war sein Hunger, sein Durst. „Einen schönen Tag noch!", rief jemand hinter ihm her.

So waren sie auf Kaduk gestoßen – sind auf ihn gestoßen worden.
„Nochmals ganz zurück zu meiner Frage, wie es dazu kam, dass Sie Clement geholfen haben. Was ist da passiert?"

„Das war so, Herr Kommissar. Eines Abends steht er vor meiner Tür, netwahr. Ich war völlig überrascht. Ich wusste gar nicht, dass er wusste, wo ich wohne, netwahr. Ist ja keine Gegend für so einen feinen Herrn …"

„Stand er oben vor Ihrer Tür?"

„Nein, nein, Herr Kommissar, unten, unten stand er, vorm Haus. Klingelte, ganz aufgeregt, klingelte mehrmals, als ob er's eilig hätte. Ich sollte runterkommen. Ich hatte schon geschlafen, war spät …"

„Wissen Sie noch, wie spät?"

„Nein, Herr Kommissar. Ich hab nicht nachgeschaut. Muss mitten in der Nacht gewesen sein, netwahr …"

„Wissen Sie noch, wann das war, welcher Tag, welches Datum?"

Kaduk überlegte. Die Anstrengung und sein redliches Bemühen waren ihm anzusehen. Sein Kiefer mahlte, seine Hände lagen nutzlos auf der Tischplatte.

„Nein, Herr Kommissar, kann ich nicht sagen. Vielleicht ein Mittwoch, weil da läuft doch immer Fußball im Fernsehen, das mag ich gar nicht, Herr Kommissar, da schalt ich aus und geh ins Bett. Lieber seh ich …"

„Können Sie ein ungefähres Datum sagen? Welche Woche oder welcher Monat?"

„Woche? Monat?", wiederholte Kaduk und dachte wieder nach. „Ich hatte bestimmt Frühdienst, das weiß ich, sonst wär ich ja nicht da gewesen, netwahr."

Kaduk lächelte über seine scharfsinnige Schlussfolgerung, grübelte dann, immer wieder „Monat, Monat“ flüsternd weiter. „Vielleicht war es April oder auch Anfang Mai. Es war nicht mehr so kalt. Und es regnete. Der Clement stand klatschnass vorm Haus, netwahr. Ich wollt ihn reinbitten, netwahr, aber wollte er nich. Stand da im Regen. Ich sollte schnell runterkommen.“

„In welchem Jahr war das gewesen?“ Schwaner saß da, den Stift in der Hand, ohne bisher irgendetwas Brauchbares notiert zu haben.

„Welches Jahr?“, Kaduk schien verwirrt. „Na, in diesem, Herr Kommissar. Wann sonst?“

„Also, in einer Nacht Ende April oder Anfang Mai, das genaue Datum ist Ihnen nicht geläufig, stand Dr. Clement vor Ihrem Haus, richtig?“, fasste Schwaner zusammen.

„Jawohl, Herr Kommissar, das stimmt!“, bejahte Kaduk mit fester Stimme.

„Was war dann?“

„Sie meinen in der Nacht?“

„Genau, was wollte Dr. Clement von Ihnen, mitten in der Nacht?“

„Ich sollte mitkommen, Herr Kommissar, sofort mitkommen. Er brauchte Hilfe. Ich sollte mit meinem Auto mitkommen, hinter ihm herfahren, netwahr. Er war so aufgeregt. So kannte ich ihn gar nicht. Sonst war er immer so, so, so …“, Kaduk suchte nach einem passenden Wort, „ … so beherrscht, verstehn Se, Herr Kommissar, beherrscht.“

„In dieser Nacht aber nicht?“
„Nein, überhaupt nicht. Er war aufgeregt, nervös, verzweifelt, möcht ich sagen, netwahr. Ich soll mitkommen, ich muss mitkommen, sagte er zu mir.“
Beim letzten Satz hob Kaduk seinen Zeigefinger nach oben, spitzte die Lippen und wiederholte mehrmals „Ich muss mitkommen“, wobei er das Wörtchen „muss“ besonders betonte „Ich MUSS mitkommen, so hat er das gesagt, MUSS mitkommen, netwahr.“
„Und Sie sind dann mitgefahren?“
„Hinterhergefahren, jawohl, Herr Kommissar. Ich hab meine Schlüssel von oben geholt und mich angezogen und bin ihm hinterhergefahren.“
„Wohin sind Sie gefahren?“
„Das wissen Se doch, Herr Kommissar, das wissen Se doch.“ Kaduk grinste dümmlich.
„Ich möchte es aber von Ihnen hören, Herr Kaduk. Wohin sind sie gefahren?“ Schwaner deutete auf das Mikrofon auf dem Tisch.
Kaduk wurde wieder ernst. Wie ein Kind, das an die Regeln dieses Spiels erinnert worden war, setzte er sich aufrecht hin, räusperte sich und antwortete: „Damals wusst ich ja nich, wo wir hinfahren, netwahr. Sind kreuz und quer durch die Stadt gefahrn. Ich immer hinter ihm her. Ich glaubte schon, er weiß selbst nich wohin oder hat sich verfahrn …“
„Dann sind Sie aber doch irgendwann angekommen?“
„Jawohl, Herr Kommissar, sind wir.“
„Wo sind Sie angekommen?“

„Na, die Adresse kennen Sie doch genau, Herr Kommissar."
„Ich möchte, dass Sie sie wiederholen." Schwaner zeigte wieder auf den Tisch.
„Ach so, ja, natürlich, Herr Kommissar." Kaduk beugte sich vor und sprach überdeutlich die Straße, Hausnummer und den Stadtteil aus. Es war eine Anschrift in einem Gewerbegebiet am Stadtrand. Er schaute lobheischend zu Schwaner herüber. Dieser nickte ihm zu und fuhr fort.
„Was fanden Sie dort vor?"
„Da war ne ganze Etage, Herr Kommissar. Eine ganze Etage, eingerichtet wie bei einem Arzt, netwahr. Vorne Empfang, dann ein Flur mit Behandlungsräumen, gleich vorne war das Wartezimmer, stellen Se sich vor, mit einem Fernseher, so groß …" Kaduk hielt die Arme übertrieben weit auseinander, dazwischen hing sein grinsendes, vor Aufregung rot angelaufenes Gesicht. „Da gab es sogar ein kleines Zimmer, da stand „Röntgen" dran. Da war aber kein Apparat drin, da waren nur irgendwelche Schlaufen an der Wand, netwahr – und ein Guckloch, so eine Klappe, die Se zur Seite schieben können. Ich bin da mal reingegangen und hab mir das angeschaut, später war das, da ist er richtig böse geworden …"
„Dr. Clement ist böse geworden?"
„Ja, ja, Herr Kommissar, sehr böse. Hat mir verboten, da irgendwo reinzugehen, wenn er es mir nicht ausdrücklich erlaubt, netwahr."

Schwaner notierte sich etwas, wodurch Kaduk sofort verstummte und neugierig auf den Zettel des Hauptkommissars schielte.

„War das wichtig, Herr Kommissar?", fragte er, als sei Schwaner sein Lehrer.
Schwaner beantwortete die Frage nicht, legte nur den Stift vor sich ab.
„Nochmals zurück zu dem ersten Abend oder der ersten Nacht, als Sie mit Dr. Clement dorthin gefahren sind. Was ist da weiter passiert?"
„Beim ersten Mal? Das weiß ich gar nicht mehr so genau. Da ging ja alles so furchtbar schnell."
„Versuchen Sie sich zu erinnern."
„Das, was ich Ihnen eben beschrieben hab, Herr Kommissar, das hab ich da gar nicht gesehen. Das war erst später. Beim ersten Mal, also in der Nacht, als er vor meinem Haus stand und ich hinter ihm hergefahren bin, da sind wir da rauf, den Flur entlang, an allem vorbei, und in ein Zimmer, ein großes Zimmer, netwahr, das sah aus wie ein Behandlungszimmer, mit Schränken und Geräten und Liegen und Vorhängen – und da lagen sie dann ...", sprudelte es plötzlich aus Kaduk heraus.
„Nicht so schnell, Herr Kaduk, nicht so schnell. Wer lag da?"
„Wer? Das weiß ich nich, Herr Kommissar. Aber links vorne lag der Mann, auf der ersten Liege, rechts daneben die Frau, dazwischen ein Vorhang. Ich hab

gleich gesehen, was los ist, netwahr, ich kenne den Ausdruck auf den Gesichtern …"

„Langsam, langsam, Herr Kaduk. Bleiben wir erst einmal bei dem Mann. Können Sie ihn beschreiben?"

„Beschreiben? Nee, beschreiben kann ich den nich. Ich hab da gar nich so genau hingesehen."

„Ich meine, wie lag er da, wie war er angezogen, welche Kleidung trug er?"

„Er lag da wie bei einer Untersuchung, ein Ärmel war hochgekrempelt …"

„Welcher Ärmel?"

„Links, Herr Kommissar. Wenn Se Blutdruck messen, immer links."

„Trug der Mann ein Messgerät oder eine Manschette? Ist er untersucht worden?"

„Nein, Herr Kommissar, nein. Das war ja nich nötig, netwahr. Da wurde ja nix gemessen, obwohl der Clement immer, ich meine, wenn Patienten da waren, mit dem Stethoskop um den Hals rumrannte. Aber wahrscheinlich war das nur Show, verstehn Se, so vorgespielt. Später hab ich ja auch welche gesehn, denen hat er irgendwelche Sonden aufgeklebt, wissen Se, so hier vorne …" Kaduk tippte sich mit seinen dicken Fingern an die Brust. „Das war alles nur Theater, das konnte der gut, richtig gut. Hat sich immer was Neues einfallen lassen, netwahr."

„Waren Sie denn immer dabei, wenn …"

„Nein, nein, Herr Kommissar, überhaupt nicht, nie, das müssen Sie mir glauben, niemals. Ich hab gewartet,

erst vorne im Wartezimmer, später unten, am Aufzug, in der Garage, Sie wissen wo?"
Schwaner bestätigte mit einem Kopfnicken.
„Dort hab ich gewartet. Aber ich sah ihn ja, wenn er aus dem Zimmer kam. Manchmal hatte er solche Holzspachteln hier oben in der Brusttasche, oder so einen schwarzen Kasten hatte er sich angesteckt, wissen Se, wie die Ärzte das im Fernsehen tragen, wo se dann angepiepst werden, beim Notfall, netwahr." Kaduk redete sich in Rage. „Und einmal, da trug er so eine Maske und eine Haube, wie bei einer OP." Kaduk formte die Atemmaske und den Haarschutz mit seinen Händen nach. „Da sah er aus wie ein richtiger Stationsarzt – oder wie dieser Doktor House. Kennen Se Dr. House? Hab ich früher gerne gesehen. Jedenfalls trug er das." Kaduk holte Luft. „Es haben nur noch die Plastiktüten an den Schuhen gefehlt, dann wär es perfekt gewesen." Kaduk lachte los und wollte auch Schwaner zum Mitlachen bringen. Dieser lächelte nur milde und wartete einen Moment, bis sich sein Gegenüber wieder etwas beruhigte.
„Können Sie vielleicht den Mann, den ersten Mann, der da auf der Liege lag, genauer beschreiben? War er groß, klein, dünn, dick? Hatte er lange oder kurze Haare, trug er einen Bart?"
Kaduk räusperte sich. Das Lachen schien ihm jetzt peinlich. Er setzte sich wieder übertrieben gerade hin, nahm sein Kinn in die rechte Hand und zeigte, dass er nachdachte.

„Ich möchte ja nicht lügen, Herr Kommissar, ich weiß es nicht mehr, ich …“
„Versuchen Sie’s. Strengen Sie sich an.“
Kaduks Haltung wurde noch gerader. Er zog seine Stirn in Falten und schloss die Augen.
„Also, er war nicht sehr groß“, begann er langsam, „so normal groß, würd ich sagen.“ Die Falten wurden tiefer. „Und er war auch eher dünn … ich kann mich noch erinnern, dass er nicht sehr schwer war … überhaupt nicht schwer … seine Haare, seine Haare, seine Haare, waren eher kurz …“ Plötzlich hellte sich die gesamte Miene von Kaduk auf. „Und er trug einen Bart, ganz sicher, Herr Kommissar. So einen kurzen Bart, hier ums Kinn.“ Kaduk fuhr sich mit seiner Hand von einem Ohr zum anderen.
„Was hatte er an? Ist Ihnen da etwas aufgefallen?“
„Nee, Herr Kommissar. Die trugen doch alle so abgelegtes Zeug, netwahr, aus der Sammlung, aus der Kleidersammlung. Da kann ich mich wirklich nich mehr erinnern.“ Kaduk schüttelte mehrfach den Kopf.
„Auch nicht beim ersten Mal?“
„Nee, Herr Kommissar, nee. Tut mir leid. Vielleicht fällt mir später noch mal was ein.“
„Und die Frau? Wie sah die aus?“ Schwaner kämpfte seine Ungeduld hinunter. Die Beschreibung der ersten Opfer war enorm wichtig für ihn. Damit konnten sie das erste Grab identifizieren und eine eigene Chronologie aufbauen, wann die anderen angelegt wurden.

„Die Frau? Die Frau? Die hab ich mir gar nicht so genau angesehen, Herr Kommissar. Die war klein, sehr klein. Und zierlich, schlank. Sie wissen, was ich meine. An der war nichts dran, netwahr." Seine Hände formten vor seiner Brust zwei kleine Halbkugeln. „War nich mein Geschmack, gar nicht. Ich hab's lieber üppiger, wissen Se." Jetzt beschrieben seine Hände einen gewaltigen Busen. „Aber schöne Haare hatte se. Die hatten fast alle so schöne Haare. Lang, sehr lang. Und Schwarz, ganz schwarz. Das haben unsere Frauen nich, netwahr."
Schwaner antwortete nicht. Er drehte seinen Stift zwischen den Fingern und wartete, bis der Anflug von Ekel und Abscheu in ihm verflogen war.
„Trug die Frau etwas Auffälliges?", fragte er nach einigen Sekunden der Stille.
Kaduk stellte wieder ein nachdenkliches Gesicht zur Schau. „Nee, was Auffälliges trug die nich. Nur viele Unterröcke, mehr als die andern. Das waren bestimmt fünf oder sechs. Da drunter war sie noch dünner." Plötzlich rückte er nach vorne, beugte sich zu Schwaner über den Tisch. „Und wissen Se was, Herr Kommissar?" Er kam noch dichter heran. „Die rasieren sich!" Er feixte und schlug fast mit einer Hand auf den Tisch. „Nicht nur die Beine, alles, alles! Nirgendwo auch nur ein Haar!"
Schwaner schlug der Schweißgeruch und der schlechte Atem Kaduks in die Nase. Dazu diese leeren Schweinsaugen über den pockennarbigen

Wangen, das fettige Haar, auf dem sich seit Tagen Schuppen sammelten und das in schmutzigen Strähnen in die Stirn fiel. Der bullige Nacken auf den breiten Schultern, darüber dieser leere Ballon, dieses taube Gefäß, in dessen dunklem Inneren sich der Kommissar vorantastete wie in einer finsteren Kloake.

7.42 Uhr

Kaduks Ebenbild redet nach wie vor wie ein Wasserfall, geht einmal hierhin, einmal dorthin, zeigt auf irgendwelche belanglosen Gegenstände und redet und redet. Schwaner hört gar nicht hin. Er steht, beide Hände um die Tasse gelegt, mitten im Raum und verfolgt den anderen, der ständig in Bewegung ist, stumm mit seinen Augen.
„Ihr Auftritt heute ist ja groß angekündigt worden." Der Justizbeamte deutet auf eine Zeitung, die halb aufgeschlagen auf seinem Schreibtisch liegt. „Ich bekomm hier oben ja nicht so viel mit. Ich seh nur, wie die alle jeden Morgen reinkommen, erst die Zuschauer und Prozessbeobachter, dann die Angeklagten mit ihren Anwälten, die Staatsanwaltschaft, die Nebenkläger, auch wieder mit Anwälten, ich sag Ihnen, das ist jeden Tag ein Brimborium, das glauben Sie gar nicht. Und was passiert?", er hält kurz inne, ohne aber eine Antwort abzuwarten. „Nichts passiert,

gar nichts. Stundenlang wird etwas verlesen und alle hocken da wie in der Kirche, oder besser, wie im Theater. Es sieht ja auch aus wie im Theater, finden Sie nicht?“ Der Justizbeamte deutet auf den Bildschirm, in dem der menschenleere Saal zu sehen ist. Das Licht scheint heller geworden zu sein. Von vorne kommt eine Beamtin mit einem Hund herein und geht die Stuhlreihen ab. Bauer schaut auf die Uhr. „Pünktlich wie immer, die Kollegin, pünktlich wie immer. Das ist eine ganz nette, kann ich Ihnen sagen. Wir treffen uns hin und wieder draußen. Ihr Hund ist auch eine ganz Liebe, Body heißt sie, obwohl ich ja finde, dass das kein weiblicher Name ist, auch nicht für einen Hund. Freut sich immer, wenn sie mich sieht, ich mein den Hund. Darf ihr aber nichts geben, das mag das Frauchen überhaupt nicht. Hatte ihr mal am Anfang ein Stück Wurst mitgebracht, da war aber was fällig, kann ich Ihnen sagen, da versteht sie keinen Spaß – ich mein das Frauchen. Ich hab selten eine Frau gesehen, die so wütend werden kann.“

Schwaner schon. Er kannte so eine Frau, die eine solche Wut besaß, eine scharfe, aufbrausende, manchmal explosive Wut. Die in ihrer Wut niemals nachgab und dadurch noch wütender wurde. Sie war wütend auf die Gesellschaft, die Gerichte, die Politik, die Ämter und ihre bürokratischen Vasallen, wahrscheinlich war sie am meisten wütend auf sich selbst, da sie in ihren Augen nie genug erreichte,

immer zurückstecken musste, Kompromisse einging, die den Geschmack von Niederlagen hatten.
Schwaner erinnert sich an einen Flur, der dem in diesem Gebäude ähnlich ist. Er und Beck waren einem Wachmann gefolgt, dessen schwarze Sohlen auf dem abgenutzten Bodenbelag gequietscht hatten. Der schnalzende Takt hatte durch den Gang gehallt. Der Weg schien endlos. Auf beiden Seiten verschlossene Türen. Hier und da Gemurmel oder auch mal eine laute Stimme dahinter, unverständlich und fremd. Die Worte klangen aufgeregt und wütend, fast wie Beschimpfungen. Dann plötzlich Lachen, schallendes Gelächter. Weiter vorne wurde eine Tür aufgerissen. Ein Kind sprang heraus und blieb wie angewurzelt stehen, die erschrockenen Augen auf die Männer gerichtet, die ihm entgegenkamen. Der Hauptkommissar und sein Assistent lächelten. Ihr Lächeln wurde nicht erwidert. An der Tür warfen sie einen schnellen Blick in das kärglich eingerichtete Zimmer, in dem sich fünf oder sechs weitere Personen befanden. Alle verstummten, als sich ihre Blicke trafen. Kaum waren sie an der Tür vorbei, hörten sie hinter sich eine männliche Stimme, die nicht laut, aber bestimmend „Aylan, Aylan“ rief.
Sie gelangten am Ende des Flurs in ein Büro, das nicht größer war als das eben gesehene Zimmer. Der Wachmann hielt die Tür auf und wies sie mit einer Kopfbewegung hinein. Hinter einem grauen, einfachen, mit Papieren überladenen Schreibtisch,

vor einem mit fein säuberlich beschrifteten Ordnern vollgestopften Regal, saß eine Frau in farbloser Bluse. Ihre blassblonden Haare waren am Hinterkopf streng zu einem Knoten zusammengebunden. Sie blickte nicht auf. Ihre Augen studierten die Seite einer Akte, ihre langen knochigen Finger führten einen Stift am Rand entlang, der an den Absätzen mal einen Haken, mal ein Fragezeichen setzte, gelegentlich auch einige Notizen anbrachte.
„Die beiden Herren von der Polizei“, sagt der Wachmann tonlos und schloss die Tür. Diese Ankündigung erzeugte keine Reaktion bei der Dame am Tisch. Unbeeindruckt, ruhig und konzentriert arbeitete sie weiter auf dem Blatt, einem mit kleingedruckten Zeilen vollgestopften Formular. Einzig ein junges Mädchen, vielleicht Anfang zwanzig oder etwas jünger, das an einem kleinen Tisch am Fenster saß und Papiere sortierte, hielt inne und musterte neugierig die beiden Eingetretenen. Ihre Augen wanderten am langen Schwaner empor, hüpften zu Beck hinüber und blieben an der Narbe auf dessen Oberlippe hängen. Seit einiger Zeit hatte er seinen Schnauzer abgenommen und zeigte offen seinen bis vor wenigen Wochen noch peinlich verborgenen Makel. Neuerdings bezeichnete er sich als der zweite Joaquin Phoenix – ein gewagter Vergleich.
„Wer hat jetzt wieder angeblich etwas ausgefressen?“, fragte die Dame am Tisch unvermittelt und schaute kurz über ihre randlose Brille zu den beiden

Polizisten auf. Ihre grauen Augen wirkten müde, waren dunkel unterlaufen, hatten aber auch etwas Verständnisvolles und Verbindliches. Ihr Gesicht, von einem Meer kleiner Fältchen umwebt, spiegelte die Schicksale Tausender. Es war ein Antlitz, dem das Lächeln nicht leichtfiel, das sich eine kämpferische Härte angeeignet hatte und in dem praktische Klugheit schimmerte.

„Wieso wieder ausgefressen?“, fragte Schwaner fast mechanisch und trat einen Schritt näher an die Tischkante heran. ‚Frederike Castels‘ stand auf einem silbernen Schildchen vor dem Bildschirm. Sie nahm ihre Brille ab, steckte die Kappe auf ihren Stift, legte beides exakt neben die Schreibunterlage und richtete sich auf.

„Weil alles, was in unmittelbarer Umgebung unserer Unterkunft geschieht, unseren Einwohnern zur Last gelegt wird. Jeder Fahrraddiebstahl, jeder Einbruch, jede Belästigung, jede verschwundene Socke ist nach Ansicht unserer Nachbarn die Tat der hier lebenden Flüchtlinge. Und ich bin es allmählich wirklich leid, jede Woche Besuch von der Polizei zu erhalten, die sich meiner Meinung nach hier instrumentalisieren lässt und den Grund für die nächste Schlagzeile in der Presse liefert, dass sich in unserer Einrichtung ausschließlich Diebe, Vergewaltiger, Mörder und sonstige Verbrecher aufhalten, denen wir Zuflucht gewähren und sie sogar beschützen. Ich …“

„Deswegen sind wir nicht hier“, schnitt Schwaner den immer schneller werdenden Redeschwall ab. Frau Castels war tatsächlich überrascht und einen Moment sprachlos.
„Nicht?“, fragte sie irritiert und rutschte auf ihrem Stuhl hin und her. „Was bringt Sie dann zu uns?“
„Wir möchten wissen, ob Sie jemanden vermissen“, fragte Schwaner kühl.
„Wie, vermissen?“ Frau Castels wurde unsicher.
„Ob Einwohner aus Ihrer Unterkunft verschwunden sind. Männer, Frauen, Kinder“, konkretisierte der Hauptkommissar seine Frage.
„Wie, verschwunden?“
„Na, nich‘ mehr da! Weg! Adios!“, platzte Beck dazwischen, dem Frau Castels und ihre etwas oberlehrerhafte Art gegen den Strich ging.
„Ich verstehe die Bedeutung des Wortes ‚vermissen‘ durchaus, Herr ...?“, ihre Augen blitzten auf.
„Beck, Hauptkommissar Beck!“, blaffte Beck zurück.
„Herr Hauptkommissar Beck. Ich glaube allerdings, Sie unterliegen hier einem Irrtum.“
„Irrtum, welcher Irrtum?“ Beck blieb bissig.
„Sie nehmen wahrscheinlich an, dass wir hier so etwas wie eine Liste oder dergleichen führen und uns jeden Morgen über die An- oder Abwesenheit der Personen erkundigen, so etwas wie einen Hofappell durchführen, in Reihe antreten lassen und durchzählen? Oder noch besser, ich stehe vorne

und rufe die Namen aus und derjenige hat mit „Hier!“ zu antworten. Obwohl sich aktuell viele so etwas wünschen würden, sind wir zum Glück noch nicht so weit. Es sind immer noch Menschen, freie Menschen, die hier bei uns Obdach gefunden haben, und keine Gefangenen. Das ist immer noch eine Unterkunft und kein Lager!“ Frau Castels schien diese Argumentation schon öfter geführt zu haben, so schnell spulte sie die Sätze ab. Sie provozierte den angriffslustigen Beck mit einem zynischen Unterton in ihren Ausschmückungen und konnte sich am Ende ein herablassendes Lächeln gegenüber dem in ihren Augen völlig Unwissenden nicht verkneifen. Der schnappte nach Luft und wollte zurückpoltern, kam aber nicht dazu.

„Sie führen keine Liste der Einwohner?“, schaltete sich Schwaner sachlich ein, obwohl auch er überrascht und ebenfalls von einem solchen Melderegister oder Ähnlichem ausgegangen war.

Frau Castels wechselte nur widerstrebend den Gesprächspartner und hätte sich gerne weiter mit Beck gerauft. Anscheinend war sie es gewohnt, mit den Vertretern der Polizei im Clinch zu liegen. Und anscheinend war sie es auch gewohnt, diesen Kampf zu gewinnen.

„Sehen Sie …“, ihre Stimme nahm den Klang einer Museumsführerin an, die den einfältigen Besuchern ein Bild vorstellte, das doch jeder kennen musste. „Wir sind hier nicht im Gefängnis, wir sind auch kein Hotel, wir sind auch keine Anstalt oder dergleichen." Frau Castels nahm den Stift zwischen ihre zugespitzten Hände und drehte ihn hin und her. „Wir sind, neben einigen anderen, eine Erstunterkunft für die der Stadt zugeteilten Flüchtlinge." Sie betonte das letzte Wort und sprach es wie zwei getrennte aus: „Flücht-linge". „Die Männer, Frauen, Familien, sogar einzelne Kinder kommen hier nach Wochen der Strapazen und Ungewissheiten an …"

„Und ham' die dabei auch ihr'n Nam'n verlor'n?", konterte Beck vorlaut, worauf er von seinem Chef einen ermahnenden Blick erhielt und ein Stück nach hinten geschoben wurde.

„Entschuldigen Sie bitte, Frau Castels, wir sind etwas unter Zeitdruck und auch etwas angespannt." Schwaner lächelt unbeholfen. „Vielleicht wäre es sinnvoll, wenn wir am Thema blieben?"

„Welches Thema eigentlich? Von welcher Abteilung sind Sie überhaupt?" Frau Castels wurde schlagartig bewusst, dass sie die Identität ihrer Besucher überhaupt nicht geprüft und hinterfragt hatte. Sie hatte sich auf die Kontrolle an der Pforte verlassen. Ihr Gesichtsausdruck nahm in böser Vorahnung besorgte Züge an.

„Vielleicht können wir uns alleine weiter unterhalten?", antwortete Schwaner und deutete mit den Augen zu der jungen Frau hinüber. Frau Castels verstand und schickte sie hinaus. Das Mädchen verließ scheu um sich blickend das Büro. Beck schloss hinter ihr die Tür und blieb davor stehen wie ein Bodygard.

„Worum geht es hier eigentlich?", fragte Frau Castels beunruhigt.

Schwaner zog sich einen Stuhl heran und setzte sich der Leiterin gegenüber an den Tisch.

„Frau Castels …", setzte er an, stockte aber sogleich wieder, schien etwas abzuwägen, fing nochmals von Neuem an.

„Frau Castels, ich muss Sie bitten, dass alles, was wir jetzt besprechen, absolut vertraulich bleibt. Nichts davon darf diesen Raum verlassen oder einer anderen Person mitgeteilt werden. Selbst gegenüber Ihnen nahestehenden Menschen müssen Sie darüber schweigen." Schwaner fixierte die nun verunsichert wirkende Frau einige Augenblicke, und erst als sie kaum erkennbar nickte, fuhr er fort. „Alles andere hätte für Sie weitreichende, kaum absehbare Konsequenzen. Und nicht nur für Sie, höchstwahrscheinlich für die gesamte Einrichtung und ihre Bewohner."

„Um Gottes willen, worum geht es denn?" Aus dem Gesicht Frau Castels war jegliche Farbe verschwunden.

„Wir haben im Stadtwald die Leichen mehrerer …", begann der Hauptkommissar die Ereignisse der letzten Tage zu schildern. Entsetzt, mit einer Hand vor

dem Mund, hörte die Leiterin zu. Tränen stiegen ihr in die Augen und liefen an den Wangen herab.
„Auf Grund von Untersuchungen der Leichen, der Kleidung und anderer Gegenstände gehen wir davon aus, dass es sich um Flüchtlinge handelt. Wir müssen herausfinden, wer diese Menschen sind, wie sie hießen, woher sie kamen. Nur so können wir überhaupt einen Ansatzpunkt für unsere Ermittlungen finden. Aus diesem Grund sind wir hier. Können Sie uns helfen?"
Eine bedrückende Stille senkte sich über das karge Büro, lähmte alle Anwesenden und wollte lange nicht weichen.
„Können Sie uns helfen?", wiederholte Schwaner seine Frage nochmals, da Frau Castels keinerlei Reaktion zeigte. Als ob sie sich erst von unsichtbaren Fesseln befreien müsste, wandte sie mehrmals ihren Oberkörper nach links und rechts, sprang dann plötzlich auf, lief zum Fenster, schaute einige Sekunden hinaus und drehte sich verstört zu Schwaner um.
„Wie viele Leichen, sagten Sie?" Die Leiterin schlang ihre Arme um sich.
„Siebenundzwanzig."
„Und dass sie auf dem Transport verstorben sind, das schließen Sie aus?"
„Es spricht vieles dagegen."
„Sie waren also schon hier angekommen …", flüsterte Frau Castels nun wieder zum Fenster hin, rieb sich

dann mit den Handballen die letzten Tränen fort, ging zu ihrem Tisch zurück, setzte sich resolut auf ihren Stuhl und griff sogleich nach ihrer Tastatur.
„Ich werde Ihnen helfen, es wird aber einige Zeit dauern. Manche kommen hier unter falschem Namen, mit falschen Papieren oder ohne jegliche Dokumente an. Viele reisen auch weiter, in andere Einrichtungen oder suchen nach Verwandten und Kontaktpersonen. Wir müssen Tausende von Personen prüfen. Gehen wir davon aus, dass sie zumindest von hier waren ...“, sprach sie mehr zu sich selbst als zu ihren Besuchern. Sie setzte ihre Brille auf und begann mit der Arbeit, ohne noch weiter auf die beiden Polizisten zu achten. Nach einigen Augenblicken schob sie ihre Brille nach vorne und blickte über die Gläser hinweg den noch immer vor ihr sitzenden Schwaner an. Ihre Augen, ihre Miene fragten stumm, ob es für ihn und seinen flegelhaften Kollegen nicht auch genug zu tun gebe.
„Wir stören dann mal nicht weiter“, sagte Schwaner und schob Beck mit sich hinaus.

Ohne die Hilfe von Frau Castels hätten sie niemals die Identitäten der Toten herausgefunden – zumindest nicht, ohne große Aufmerksamkeit zu erregen. Sie fragte in ihrer Funktion als Leiterin in den diversen Unterkünften, Auffangeinrichtungen, bei Meldebehörden und Hilfsorganisationen nach, verglich schier endlose Namenslisten miteinander und

forschte dem Schicksal plötzlich Verschwundener mit äußerster Akribie nach.
Das erschreckende Resultat ihrer unermüdlichen Nachforschungen war eine Liste mit mehr als zweihundert Namen. Im Stadtwald hatten sie siebenundzwanzig Leichen gefunden. Sollte das Unvorstellbare möglich sein und es sich dabei nur um die Spitze des Eisbergs handeln? Schwaner erinnerte sich an jenen Vormittag, als sie im Polizeipräsidium zusammensaßen und über diese neue Dimension diskutierten. Einem normal denkenden und arbeitenden Menschen war eine solche Situation gar nicht zu beschreiben. Es lag der konkrete Verdacht vor, dass es weit mehr Opfer geben könnte als bisher angenommen. Sie mussten diesem Verdacht nachgehen, bis er sich bewahrheitete oder eben nicht.
„Das ist unmöglich!", hörte Schwaner noch die Stimme von Günther Messner, der sich diesem furchtbaren Szenario widersetzte. „Du kannst keine zweihundert Leichen vergraben, nicht in Frankfurt, nicht im Rhein-Main-Gebiet, nicht in Hessen und auch nicht in ganz Deutschland. Dazu ist alles zu dicht besiedelt, kultiviert, bewirtschaftet, erschlossen …" Er führte den Satz nicht zu Ende, da er selbst unsicher wurde, noch bevor Beck einwarf, dass immerhin siebenundzwanzig davon ein halbes Jahr direkt vor ihrer Haustür gelegen hätten.

„Wo und was wären geeignete Orte?“, fragte Schwaner scheinbar unbeeindruckt. In diesen Momenten hielt er sich an den Rat der Psychologin und wahrte Distanz. Keiner in der Runde wollte sich mit dem Gedanken auseinandersetzen oder sich ausmalen, was wäre, wenn es tatsächlich so viele Opfer gäbe. Alle schwiegen, lange.

„Vielleicht hat sich die Frau aus der Unterkunft auch einfach geirrt und wir …“, versuchte Anne Wiegand das Thema zu beenden, wurde aber von Schwaner unterbrochen: „Anne, bitte, lass uns professionell bleiben und es durchspielen. Welche Plätze kommen dafür in Frage?“

Wieder trat eine Pause ein.

„Großbaustell‘n!“, sagte Beck unvermittelt. „Da wird sowieso gegrab’n. Die Mafia hat das auch so gemacht.“

„Bitte, Sven, lass uns ernst bleiben“, erwiderte Messner sofort.

„Ich mein‘ das im Ernst. Warum denn keine Großbaustell‘n. Es wird doch viel gebaut hier. Natürlich nicht alle an ein’m Ort, aber …“

„Die werden doch heute alle bewacht!“, unterbrach ihn Messner.

„In der Stadt vielleicht. Aber an Gleisstreck’n oder Autobahn’n? Da ist doch kilometerweit kein Mensch.“

„Aber auch da kannst du nicht einfach auffahren und Menschen vergraben. Das funktioniert nicht.“

„Wieso nich'?", fragte Beck hartnäckig.
„Weil du bestimmt gesehen wirst und dort gearbeitet wird. Die Gefahr ist doch viel zu groß, dass bei der nächsten Bauphase alles entdeckt wird."
„Vielleicht hilft ihm ja einer?", sagte Beck trotzig.
„Wobei?", fragte Messner gereizt.
„Na, beim Verschwind'nlass'n!"
„Wer soll ihm dabei helfen? Bei einem Opfer an einem Ort, meinetwegen. Aber bei zweihundert oder mehr. Du kannst doch nicht durch die Gegend fahren und jeden x-beliebigen Bauarbeiter ansprechen, ob er dir mal zur Hand gehen könnte, du hättest da gerade eine Leiche im Wagen, die du hier …"
„Das wissen wir alles nicht", unterbrach Schwaner den eifrigen Wortwechsel.
„Wie? Was wissen wir nicht?", fragte Messner sofort zurück.
„Ob und wie die Opfer transportiert wurden. Vielleicht sind sie von einem bestimmten Ort nie wegbewegt worden?"
„Und unsere Leichen im Wald? Sind die von alleine dorthin gegangen? Haben die sich selbst ihre Gräber ausgehoben? Sind sie dann vielleicht selbst …" Messner brach wieder ab. Bei allem Irrsinn dieses Falles wäre auch diese Variante vorstellbar. Es hatte schon viele Exekutionen gegeben, in denen die Opfer ihre Grube selbst schaufeln mussten und dann an Ort und Stelle ermordet wurden.

Günther Messner winkte ab und ließ sich in seinen Stuhl fallen. Dabei nuschelte er noch etwas wie: „Ich gehöre ja zur KTU und nicht zu den Ermittlern."
Wieder schwiegen alle. Jeder dachte in irgendeine Richtung, ohne einen brauchbaren Gedanken zu finden.
„Und wenn ihm tatsächlich jemand geholfen hat?", fragte Schwaner in die Stille hinein. „Ganz offen, vor aller Augen, dass jeder es sehen konnte?"
„Wer soll'n das sein?", fragte Beck skeptisch.
Schwaner hatte keine Antwort. Es war nur so ein Gedanke, der plötzlich da war. Woher kamen solche Geistesblitze? Der Hauptkommissar beendete die Runde. Er war hungrig, denn er hatte so gut wie nichts gefrühstückt. Völlig gegen seine Gewohnheit ging er hinunter in die Kantine.

7.55 Uhr

Die Hundeführerin geht die hinteren Stuhlreihen ab, nachdem sie zuvor gründlich die Richterbank kontrolliert hatte. Immer wieder weist sie den Hund mit einer Handbewegung an, unter den Tischen und auf dem Boden zu suchen.
Schwaner steht, in einer Hand den Kaffeebecher, über den er, obwohl gar nicht mehr nötig, sachte hinwegbläst, noch immer im Wachzimmer und sieht der Kollegin bei der Sicherung des Gerichtssaales

zu. Kaduks Zwilling quasselt unaufhörlich weiter. Ab und an schielt er zum Bildschirm hinüber. Er schätzt wohl ab, wie lange die Polizistin mit dem Hund noch brauchen wird und wann er sie zufällig am Ausgang treffen könnte.

Schwaner verabschiedet sich wieder ins Zeugenzimmer, bedankt sich nochmals für den Kaffee und verspricht, die Tasse später zurückzubringen.

„Lassen Sie sie nur stehen, ich hol mir die schon. Das wird aber noch dauern, bis es da unten losgeht. Sie können auch gerne hierbleiben, wenn es Ihnen nebenan zu langweilig ist. Mein Kollege müsste auch gleich kommen."

Schwaner dankt nochmals, entschuldigt sich mit Ruhe, die er vor seiner Vernehmung brauche, führt auch Unterlagen an, die er nochmals lesen möchte und entschwindet über den Flur in das Zimmer, in dem verwaist sein Mantel über dem Stuhl liegt. Er setzt sich wahllos auf einen Stuhl, schlürft hin und wieder den kalten Kaffee und ist froh, dem endlosen Geschwätz entflohen zu sein.

Von ferne ist das Läuten einer Kirche zu hören. Es muss aus dem benachbarten, älteren Stadtteil, dem Gallus, kommen. Hier, in diesem modernen Viertel, existieren keine Kirchen und werden auch keine gebaut.

Die Glocken sagen nicht nur die Uhrzeit an, sie tönen auch über eine volle Minute hinweg und rufen die Menschen zum Gottesdienst. „Wer wird wohl unter

der Woche kommen?“, denkt Schwaner. Alte, Rentner, ein paar Hausfrauen vielleicht. Wahrscheinlich ist es der Namenstag irgendeines Heiligen, der ausgerufen wird und nach dem sich die Kirche benannt hat.
Kaduk fällt ihm wieder ein. Er war in der Zeit seiner Untersuchungshaft dann doch noch religiös geworden. Haderte er zu Anfang mit Gott, beugte er nun demütig sein Haupt vor ihm. Waren seine Gebete zuvor unerhört verhallt – woraus er für sich eine gewisse Rechtfertigung für sein Tun abgeleitet hatte –, fügte sich Kaduk nun rückhaltlos in sein Schicksal. Die Bibel wurde seine tägliche Lektüre. Besonders das Buch Hiob hatte es ihm angetan. Von Mal zu Mal zitierte er, unterstützt und gefördert durch den Geistlichen der JVA, der in ihm ein dankbares Lamm erkannte, Sinnsprüche, Psalmen, Liedstrophen und Gebetszeilen.

„Wer seine Sünde leugnet, dem wird nichts
gelingen,
wer sie aber bekennt und läßt, der wird
Barmherzigkeit erlangen.“

Stunde um Stunde saß er in seiner Zelle und las in der Bibel, was ihm nicht leichtfiel. Mit großer Mühe und Anstrengung lernte er Strophen und Passagen daraus auswendig und deklamierte sie mit stolzer Stimme, sobald er den Vernehmungsraum betrat.

„Siehe, selig ist der Mensch, den Gott zurechtweist;
Darum widersetze dich der Zucht des Allmächtigen
nicht."

So wie Hiob von Gott dem Satan übergeben worden war, dass er durch allerhand Schicksalsschläge geprüft werde, so sah auch Kaduk sein Leben mehr und mehr als eine Reihe von Prüfungen an, denen er unterzogen worden war, um schließlich auf den Weg der Tugend zu gelangen.

„Ein Gerechter fällt siebenmal und steht wieder auf,
aber die Gottlosen versinken im Unglück.
Gott vergibt dem Menschen, wie er verdient hat,
und trifft einen jeden nach seinem Tun."

Doch die Worte allein waren es nicht, die ihm Trost und, in Erwartung der nahenden Vergebung, Ruhe spendeten. So wie der Anstaltspfarrer aus dem einfältigen Kaduk einen wahrhaft gläubigen Gottessohn formte, so gestaltete sich Kaduk umgekehrt aus dem bildlosen Schöpfer einen ihm alles nachsehenden Geist, dem gegenüber er nur offen und ohne Lüge alles gestehen musste, auf dass ihm die volle Absolution erteilt werde.
Eines Nachmittags, Kaduk hatte sich soeben mit dem Satz: „Gott hat mir vergeben" wieder einmal selbst von aller Schuld freigesprochen, fragte Schwaner auch

ihn, ob es nicht in erster Linie auch der Vergebung der Opfer bedürfe, damit er Gottes Segen erhalte? Kaduk geriet dadurch in eine tiefe Krise, die zu einem nachmittäglichen Anruf des Geistlichen führte, der Schwaner schwere Vorwürfe machte, er würde Kaduk durch solche Philistereien von seinem guten Weg abbringen und nicht zuletzt seine eigene Arbeit untergraben.
Wäre der Theologe auch etwas mehr Psychologe gewesen, hätte er erkannt, dass Kaduk letztlich sich selbst die Absolution erteilte. Er erschuf sich in seinem einfachen Kopf eine alles nachsehende Vaterfigur, völlig konträr zu der seines eigenen Vaters, der seine Kindheit in eine Zeit der Prügel und Misshandlung verwandelt hatte. Diesem ihn liebenden, barmherzigen Vater offenbarte er alles.

„Barmherzig und gnädig ist der HERR,
geduldig und von großer Güte."

Schwaner profitierte von Kaduks Offenheit, die womöglich eine selbst auferlegte Buße war, gegenüber der Polizei geständig zu sein und damit seine Komplizen ebenfalls auf den Weg der Reue zu zwingen. Völlig unbeschwert, da aller Schuldgefühle ledig, beantwortete er jede Frage und gab sich sichtlich Mühe, seine Erinnerungen so ausführlich und wahr wiederzugeben, wie es sein Verstand zuließ.

Schwaner erinnerte sich an die harmlose Frage, ob es festgelegte Zeiten gab, an denen er, Kaduk, zu der geheimen Praxis kommen sollte.
„Nee, nee, Herr Kommissar, so war das nich‘. Der Clement hat ja nich‘ nur abends gearbeitet, wenn ich das mal so nennen darf, netwahr. Wenn er mittags Termine hatte, oder auch morgens, da is‘ er aus der Stadt rausgefahren, netwahr, und hat seine Arbeit gemacht. Danach ist er wieder zurückgefahr‘n.“
„Sie wollen damit sagen, Clement fuhr zwischen Terminen mit seinen noblen Patienten raus, tötete vielleicht eine ganze Familie, Frauen und Kinder, und fuhr dann wieder zurück, um ganz normal weiterzuarbeiten?“
Kaduk antwortete nicht, hob nur die Schultern und faltete die Hände.

„Haben wir Gutes empfangen von Gott,
so müssen wir auch das Böse annehmen.“

Schwaner wollte aufstehen, wollte unterbrechen, wollte irgendwohin, nur raus hier. Die fromme Leier kotzte ihn an, die Selbstgerechtigkeit ekelte ihn und die Dummheit stieß ihn ab. Trotzdem konnte er sein Gegenüber nicht hassen. Er war nicht der Schlimmste, das waren die anderen, Servet U., Clement, Prüfer und Sander.

Fast zwei Minuten dauerte die bleierne Stille, in der der Kommissar die fürchterlichen Bilder in seinem Kopf und seine Wut niederkämpfte.
„Und dann rief Clement Sie an?“, fragte er mit belegter Stimme.
„Jawohl, Herr Kommissar. Er rief an, manchmal aus dem Auto, wenn er zurückfuhr und sagte, es sind wieder Patienten da, so sagte er das, netwahr. Ich soll sie abholen, sagte er. Das hab‘ ich dann meist nachts gemacht, wegen dem Wagen. Ich bin nich‘ gern am Tag damit gefahr’n. Obwohl nie jemand gefragt hat, wollt ich das nich‘.“
Schwaner fiel ein, dass sie auf Kaduks Handy noch neunzehn gespeicherte Anrufe von Clement gefunden hatten. Das waren nur die letzten Wochen.
Mit dem Umstand konfrontiert, dass seine Mittäter alles abstritten und ihn alleine für die Morde verantwortlich machten, entgegnete Kaduk wieder in seiner feierlichen Stimmlage:

„Ich habe Unrecht getan, daß ich unschuldiges Blut verraten habe.
Sie aber sprachen: Was geht uns das an? Da sieh selbst zu!
Und Judas warf die Silberlinge den Hohenpriestern und Ältesten zurück.“

8.04 Uhr

Schwaner steht auf, stellt die Kaffeetasse auf den Tisch, geht einige Runden um ihn herum und bleibt wieder am Fenster stehen. Ein Stückchen wolkenloser, blauer Himmel zeigt sich und ein erster Sonnenstrahl fällt schräg durch das Fenster herein. Sofort erstrahlen die Stühle noch blauer, die Wände noch weißer, und der Boden mit seinem grauen, leicht strukturierten Belag wirkt noch neuer und völlig unbefleckt.

Schwaner geht zum Lichtschalter und knipst es aus. Die Veränderung ist kaum wahrnehmbar, so stark erleuchtet das einfallende Sonnenlicht den Raum. Der Hauptkommissar muss sogar die Augen zukneifen, als er sich wieder zum Fenster umdreht. Jetzt, im Gegenlicht, sieht er, dass etwas auf der Glasscheibe geschrieben steht. Er geht hin und her, liest aus der Hocke, bis er die Wasserschrift vollständig entziffern kann: „FREIHEIT FÜR DR. SATAN!“, steht da zu lesen. Und: „VERRÄTER VERRECKE!“ Aus den Spitzen der „V“ laufen dünne, getrocknete Tränen nach unten.

Die Worte müssen von hier drinnen geschrieben worden sein, das zeigen die regelmäßigen Buchstaben. Wie wäre auch jemand von außen in den zweiten Stock gelangt? Vielleicht vom Dach? Nein! Von draußen hätte es spiegelverkehrt geschrieben werden müssen, was meist sehr schiefe Zeilen und Striche verursachte.

Trotz aller Sicherheitsvorkehrungen und Überprüfungen scheint es also nach wie vor Sympathisanten von Clement, völlig verblendete Anhänger rechter Gesinnung, hier im Hause und im Umfeld des Prozesses zu geben. War das bekannt? Wurde deshalb jeden Morgen der Gerichtssaal mit Hunden nach Sprengstoff abgesucht? War es ein Einzelner oder waren es mehrere? Erschöpften sich deren Absichten in diesen Drohungen und Schmierereien oder waren sie zu mehr fähig? Wollten sie nur ihre stete Präsenz demonstrieren, zeigen, dass sie überall zugegen sind?
Nach der Beschädigung des Transparentes waren alle Wachleute, das komplette Reinigungspersonal und sonstige, nicht der Polizei zugehörige Mitarbeiter ausgetauscht worden. Scheinbar ohne Erfolg. Hypothetisch bestand natürlich immer eine Gefahr – niemand ließ sich wirklich hinter die Stirn blicken, offenbarte seine wahren Ansichten oder zeigte seine tiefen Überzeugungen. Solche Dinge wuchsen im Verborgenen und kamen nur im sicheren Mantel der Anonymität ans Licht.
Der Kriminologe in ihm ist geweckt. Schwaner überlegt, ob er Messner anrufen soll, damit dieser das Fenster nach möglichen Fingerabdrücken und anderen Hinweisen untersucht. Dann denkt er an den Wirbel, der einsetzen würde, wenn die Presse etwas davon mitbekommen sollte. Sofort wäre wieder von „Anschlagsgefahr“ die Rede, von Mord-

und Bombendrohungen, die es gegen alle Beteiligten im Vorfeld bereits gegeben hatte. Auch bei ihm und Sandra war zu Hause ein anonymer Brief eingegangen, der sie als „Volksverräter", „Judensäue" und „Kanackenschlampe" beschimpfte. Sie sollten bei nächster Gelegenheit vergast oder gleich in ihrer Wohnung verbrannt werden. Keinen Augenblick seien sie mehr sicher und Unfälle auf dem Weg zur Arbeit oder beim Rudern zu erwarten.
Jemand musste Martin gefolgt sein. Seine und auch Sandras Adresse waren sonst nicht zu ermitteln. Auch der Hinweis auf Martins Sport zeigte, dass der Absender über mehr als nur den Wohnort informiert war. Die verstärkte Polizeipräsenz in ihrer Straße konnte Sandra nur bedingt beruhigen, ebenso wenig Martins Worte, dass es ja nur um Einschüchterung ginge und ihnen sicherlich keine ernste Gefahr drohe.
Es kamen weitere Briefe, zum Teil unfrankiert. Von Schwaners Fahrrad, das normalerweise neben dem Haus stand, wurden mehrfach die Reifen zerstochen. In den Briefkasten wurden schwarze Tüten mit Hundekot eingeworfen und ihnen eine Liste mit Namen, die alle am Prozess beteiligt waren, zugeschickt. Hinter seinem und Sandras war von Hand ein Kreuz gezeichnet.
Anfänglich hatte Martin diese Drohungen nicht ernst genommen. Erst als sie hartnäckig fortgesetzt wurden und auch immer stärker Sandra betrafen, änderte sich seine Meinung. Rund um die Uhr stand jetzt

eine Streife vor ihrem Haus und sie wurden von Polizeiwagen zur Arbeit gefahren und wieder abgeholt.
Auch dies war in der Presse – die Drohungen waren bei allen am Prozess Beteiligten in gleicher Form erfolgt – in großen Schlagzeilen zu lesen. Daher rechneten die Journalisten heute mit einem Streifenwagen, dem einer der wichtigsten Zeugen, der ermittelnde Hauptkommissar, entsteigen würde.
Doch Martins Verhältnis zu den Medien war in den letzten Wochen noch distanzierter geworden. Waren es zuerst die Drohungen aus dem rechten Milieu, die ihnen das Privatleben verseuchten, stiegen ihnen später die Journalisten nach und versuchten, sie bei jeder Gelegenheit auszuspionieren.
Am Tag von Clements Verhaftung gab Dr. Winkler, der Pressesprecher, erstmals eine knappe Meldung heraus, dass der Polizei in verdeckter Ermittlungsarbeit die Aufdeckung einer der grausamsten Kriminalfälle der jüngeren Geschichte gelungen sei. Hintergrund, die bis dahin herrschende Geheimhaltung aufzugeben, war, dass der Ring um Dr. Clement offensichtlich weiter aktiv war und dadurch noch immer Menschen in Gefahr schwebten. Zu dem damaligen Zeitpunkt überblickte man das mörderische System noch nicht, kannte weder seine perfide Funktionsweise noch alle daran beteiligten Personen.
Was daraufhin geschah, ähnelte dem Geschehen in einem gewaltigen Konzertsaal, kurz vor Beginn einer

großen Aufführung. Eben noch schwirrten die Klänge der verschiedenen Instrumente wirr durcheinander und bildeten eine kaum erträgliche Kakophonie, in der es scheinbar nur darum ging, den Nachbar irgendwie zu übertönen, als mit einem Schlag ein Augenblick der Stille einsetzte.
Die kurze Meldung aus der Pressestelle ließ alle verstummen. Es war eine kolossale Überraschung, eine Sensation, es war die Nachricht, die das Zeug zu einem ganz großen Sturm im Blätterwald besaß. Die gesamte Aufmerksamkeit, zunächst nur der inländischen Medien, richtete sich auf das Frankfurter Polizeipräsidium. Kein anderes Thema schien mehr wichtig, nur dieses Ereignis, das das größte und entsetzlichste und unvorstellbarste in der Geschichte der Bundesrepublik zu werden versprach. Was war dagegen schon die Mordserie des NSU? Eine lächerliche Kleinigkeit, eine Bagatelle, eine alberne Verirrung, eine nicht ernst zu nehmende Spielerei von drei desillusionierten Kindern. Die Namen Clement, Kaduk, Servet U., Sander und Prüfer würden bald die von Böhnhardt, Mundlos und Zschäpe in den Hintergrund rücken. Es wurde auch höchste Zeit. Das Interesse am Prozess gegen den NSU war nach mehr als vier Jahren deutlich abgekühlt. Hier musste unbedingt etwas Neues kommen.
Wie auf das Zeichen eines verborgenen Dirigenten setzten alle Instrumente gleichzeitig wieder ein. Das Polizeipräsidium wurde förmlich gestürmt und belagert. Schon wenige Minuten nach der Pres-

semeldung liefen erste „Eilmeldungen“ über den Ticker. Die Presseagenturen verbreiteten in Lichtgeschwindigkeit die Nachricht, dass eine bisher noch unbekannte Gruppe für die Ermordung wahrscheinlich Hunderter Menschen verantwortlich sei. Sendungen wurden unterbrochen, Programme geändert, Sonderberichte angekündigt.

Unzählige Kamerateams rückten an. Ihre Übertragungswagen verstopften die Straßen rund um das Präsidium. Der Mediensaal im Haus war hoffnungslos überfüllt und Konferenzen mussten nach draußen, in den Innenhof, verlegt werden.

Wie Dürstende in der Wüste lechzten die Journalisten nach Neuigkeiten und Informationen. Schon bald wurde jede Rücksichtnahme aufgegeben und schamlos jede Grenze überschritten. Die Flüchtlingsunterkunft wurde ebenso bestürmt wie Praxis und Privathaus von Clement, dessen Name als Erstes von irgendwo durchgesickert war. Den Bewohnern der Unterkunft wurde Geld für Fotografien angeboten, die mögliche Opfer zeigten. Wahllos kamen dadurch Bilder in Umlauf, die gar nicht die wirklichen Vermissten zeigten. Ein Trupp eines Senders versuchte sogar ins Krankenhaus zu den Kurdis vorzudringen, woher auch immer sie diesen Hinweis erhalten hatten.

Alles kam so, wie es Schwaner vorhergesehen hatte, nein, es war noch weitaus schlimmer. Die Journalisten wollten in ihrem blinden Eifer immer mehr und mehr

Informationen, da die Öffentlichkeit angeblich auch jedes Details sehen mochte, ja sogar ein Recht darauf hätte, dies alles haarklein zu erfahren. Doch darum ging es in Wirklichkeit nicht. Es ging um Auflagen und Einschaltquoten und damit auch wieder nur um Geld. War es zuvor die Flüchtlingswelle, die drohende Überfremdung oder andere diffuse Ängste, mit denen Umsatz erzielt wurde, war es jetzt eben der skrupellose Mord so vieler Menschen, die Hilfe suchend ins Land gekommen waren. Eine Selbstreflexion der Medien, ob sie vielleicht selbst eine gewisse Verantwortung für die Stimmung im Land trügen, die erst ein Klima schaffte, in dem solchen Verbrechen möglich wurden, fand nicht statt.

Wie eine Nussschale im brausenden Sturm wurde die Staatsanwaltschaft, die Polizei und die Politik von den rasenden Wogen hin- und hergeschleudert, auf- und abgeschoben und zum Spielball der vierten Macht im Lande. Jeder Ermittlungsschritt stand jetzt unter Beobachtung. Mindestens zweimal täglich mussten Pressemeldungen herausgegeben werden, mindestens einmal täglich eine Konferenz stattfinden. Die ersten Tage war auch Schwaner sehr gefordert. Ihm war, als gäbe er von morgens bis abends Interviews. Täglich wurde er beim Betreten und Verlassen des Präsidiums abgepasst und bis nach Hause verfolgt. Mit den Drohungen gegen Sandra und ihn endete dieser Trubel, da eine entsprechende Sicherheitszone um ihn herum hergestellt wurde.

Insgeheim lauerte die nimmersatte Presse darauf, dass tatsächlich ein Anschlag auf den leitenden Polizeibeamten, den Staatsanwalt oder sonst jemanden verübt würde. Das wäre das Sahnehäubchen dieses Falles, die endgültige Sensation: Ein Bombenattentat, ein Mordanschlag, der Hauptkommissar von einem gekaperten LKW auf offener Straße überrollt!

Sogenannte Experten entwarfen auch schon Bedrohungsszenarien, die ausmalten, wie in Folge dieses unglaublichen Verbrechens Deutschland in den Fokus islamistischer Terrorgruppen rücken würde, da die sich für die Ermordung ihrer Landsleute rächen wollten. Wahllos wurden diffuse Gefahren beschrieben und zur Vorsicht gemahnt, die Gefährdungslage täglich aufs Neue bewertet. Öffentliche Plätze und Menschenansammlungen sollten gemieden werden. Clubs und Diskotheken erlebten schwere Zeiten, Feste und Veranstaltungen wurden abgesagt – es herrschte eine unglaubliche Hysterie.

Dass die Opfer meist genau vor diesen Terrorgruppen geflohen und alles andere als deren Brüder waren, die es nun zu rächen galt, wurde geflissentlich übersehen. Es kam zu keinem Anschlag, warum auch? Er hätte die allgemein herrschende und immer wieder geschürte Angst nicht weiter steigern können.

8.08 Uhr

„Also auch hier", denkt Schwaner und schaut sich erneut aufmerksam im Raum um. Er geht nochmals in die Hocke, sieht unter den Stühlen und unter dem Tisch nach. Auf die Unterseite des Tisches ist eine explodierende Bombe gezeichnet. Es ist ein naives Bild. Ein Kreis, aus dem sich eine Zündschnur biegt. An deren Spitze ist durch kleine Striche angedeutet, dass die Lunte brennt. „BUMM!" steht in fetten Lettern daneben. Die Zeichnung ähnelt einer Karikatur, einem Comic. Andererseits könnte es auch Wirklichkeit sein. Der Hauptkommissar setzt sich.

Er kann die Unterstützung für diesen Massenmörder nicht verstehen. Er kann überhaupt nicht nachvollziehen, wie ein halbwegs denkender Mensch für Dr. Clement und seine Schergen etwas Positives empfinden konnte, ganz zu schweigen von Zustimmung und Verehrung.

Ein Brief, an den inhaftierten Clement gerichtet, ist Schwaner besonders in Erinnerung geblieben. Von ihm haben sich ganze Passagen in seine Erinnerung eingebrannt:

Sehr geehrter Dr. Clement,

seien Sie gegrüßt als einer, dem die Treue zum Vaterland das Mark seiner Ehre ist. Nehmen Sie dies nicht als leeres Gerede oder geflügeltes Wort, verstehen Sie es als kameradschaftlichen Gruß unter Gleichgesinnten.

...

Sie haben eine Schlacht geschlagen, die künftige Generationen nicht mehr schlagen müssen. Sie haben eine Aufgabe angenommen, die schwerste, die es zu bewältigen galt. Dass Sie dies durchgehalten haben und dabei – bis auf kleine menschliche Schwächen – anständig geblieben sind, das hat Sie und uns hart gemacht. Dies ist ein niemals geschriebenes und niemals zu schreibendes Ruhmesblatt unserer Geschichte.

...

Wir wissen wohl, wir haben Ihnen Übermenschliches zugemutet, das Sie übermenschlich bewältigt haben. Sie haben den bei uns nicht erwünschten Subjekten den Gnadentod gewährt.

Der Brief war von Hand geschrieben und mit den Initialen H.H. unterzeichnet. Er rief bei Clement eine zwiespältige Reaktion hervor. Zum einen fühlte er sich offensichtlich geschmeichelt, jedenfalls glaubte dies Schwaner an Clements Gesichtszügen ablesen zu können, während dieser den Brief las. Zum anderen echauffierte er sich anschließend bis aufs Äußerste, was ihm hier unterstellt würde, das käme ja einer Vorverurteilung gleich, mehr noch, es würden

ihm zusätzlich politische Haltungen unterstellt, die er in keiner Weise teile.
„Ich bin nie ein solcher Fanatiker gewesen, ich bin nicht der Unmensch, zu dem man mich macht. Ich bin das Opfer eines Fehlschlusses, ein Sündenbock, der hier für andere herhalten muss. Ihre Zeugen sagen die Unwahrheit."

Noch schlimmer war für Schwaner die Tatsache, dass Clement Heiratsanträge bekam. Zwar kannte er das Phänomen, dass männliche Häftlinge, während sie hinter Gittern saßen, den Bund der Ehe eingingen. Manche wollten damit eine bestehende Beziehung festigen, andere für die Zukunft vorsorgen. Nicht wenige lernten ihre spätere Partnerin erst während der Haft kennen. Es waren Kontakte über Hilfsorganisationen, die alleinstehenden Gefangenen Brieffreundschaften vermittelten, um so eine Verbindung zur Außenwelt aufrechtzuerhalten. Ob aus Kalkül, sexuellem Verlangen oder Liebe, die Insassen strebten recht schnell ein persönliches Treffen an, das nicht wenige Frauen auch eingingen, obwohl sie dabei ihre Anonymität verloren.
Vielleicht ging von den Sträflingen auch ein gewisser Reiz für diese Frauen aus? Das gesetzlose, über Schranken und Normen gehende Wesen unterstrich deren Männlichkeit und versprach hohe sexuelle Potenz. Oder war es umgekehrt die unangefochtene

Vormachtstellung der Frau in solch einer Beziehung? Da sie den gesellschaftlich Gescheiterten bei sich aufnahm, ihm Obdach, Verpflegung und Halt bot, war er in vielerlei Dingen an sie gebunden und von ihr abhängig. Womöglich rechnete die eine oder andere auch mit einem Teil der verschwundenen Beute, Schwaner wusste es nicht.
Doch Heiratsanträge an eine buchstäbliche Bestie, mit der keine der Damen auch nur im Entferntesten bekannt war, schockierten den Hauptkommissar. Er fragte Sandra, ob sie ihm das erklären könne. Sie fühlte sich als Gerichtsmedizinerin, aber auch als Frau mit halbwegs normalen Vorlieben nicht zuständig für derlei Erkundungen.
„Da musst du schon einen Psychologen oder Soziologen oder am besten beide fragen“, gab sie ihm zur Antwort. An die Psychologin wandte er sich auch bei seiner nächsten Sitzung, erhielt jedoch nur eine Beschreibung des Phänomens nebst statistischen Auswertungen. Die Ursache blieb für Schwaner so unklar wie zuvor.
In der Teamrunde polterte Beck in der für ihn typischen Art, dass doch alle Despoten, Milliardäre, Drogenbarone und andere Halsabschneider verheiratet seien – und das ohne Zwang.
„Eva Braun heiratete ihr‘n Adolf auch, als dieser schon Million‘n auf dem Gewiss‘n hatte.“
„Und …“, fügte er nach einer Gedankenpause an, „… sie heiratete ihn für die Ewigkeit.“ Sichtlich stolz

auf seinen letzten Satz wanderte sein Blick durch die Runde. Selbst Messner, sonst der Erste, der Beck in die Parade fuhr, schwieg und nickte nachdenklich. „Versteh einer die Frauen“, murmelte er noch vor sich hin.

Anne schlug mit einem Stapel Papiere auf den Tisch und sprang auf.

„Jetzt reicht es aber! Ihr tut ja gerade so, als seien die Frauen schlimmer als die Männer, die ihrem Wahn nach Macht und Geld keine Grenzen setzen. Mir ist keine Frau bekannt, die ganze Völker umbringen oder abschlachten ließ.“ Herausfordernd hob sie ihr Kinn und verschränkte die Arme vor der heftig bebenden Brust.

„Kriemhild!“, warf Messner in die gespannte Stille ein. „Sie hat die Burgunder aus Rache für den toten Siegfried durch den Hunnenkönig niedermetzeln lassen.“

„Günther, komm mir jetzt nicht mit irgendwelchen Sagen“, konterte Anne spöttisch. „Lass uns bitte konkret bleiben, oder realistisch, wie ihr immer sagt.“ Ihre Augen blitzten und ihre Blicke sprangen von einem zum anderen.

„Wer ist Kriemhild?“, fragte Beck dazwischen. „Was’n Name, Kriemhild!“, gluckste er noch nach.

„Kriemhild ist …“, setzte Messner gerade an, wurde aber sofort von Schwaner mit einem „Danke, Günther!“ abgewürgt. Brüskiert ließ er sich in seinen Stuhl fallen. Keiner sagte mehr etwas. Lediglich

Beck konnte sich gar nicht einkriegen und lachte fortwährend „Kriemhild!“ flüsternd in sich hinein.
„Ihre Diskussion geht tatsächlich am eigentlichen Thema vorbei“, meldete sich Staatsanwalt Körner zu Wort. Es war äußerst selten, dass er sich an den Gesprächen des Teams beteiligte. Sofort richteten sich alle Augen auf ihn.
„Ich weiß nicht, wer von Ihnen den Fall Weidmann kennt?“ Er wartete einen Augenblick, drehte seinen Kopf nach links und rechts und fuhr, da niemand antwortete, fort. Historische Kriminalfälle waren sein Steckenpferd und Dr. Körner so etwas wie ein wandelndes Lexikon. „Eugen Weidmann war ein bildschöner Mann, ähnlich attraktiv wie Dr. Clement jetzt, der in den 1930er-Jahren sechs Menschen ermordete, fast grundlos, möchte man sagen, wegen einer völlig lächerlichen Beute. Er kam hier aus Frankfurt, aus guten Verhältnissen, besaß aber von klein auf einen Hang zum Stehlen. Mit Anfang zwanzig wurde er erstmals verurteilt, ich glaube, zu fünf Jahren Zuchthaus, weitere Strafen folgten. Später ging er nach Frankreich, wo er seine Mordserie verübte, gefasst und zum Tode verurteilt wurde. Während seiner Inhaftierung erhielt er zahllose Liebesbriefe. Einige Damen boten sich ihm sogar an. Er solle der Vater ihrer Kinder werden, unglaublich, nicht?“
Anne schnaubte, jetzt den Kopf wie ein angriffslustiger Stier gesenkt, sagte aber nichts und setzte sich wieder.

„Was wäre aus diesem Mann geworden, wenn er nicht einen solchen Charakter gehabt hätte? Die Damenwelt lag ihm förmlich zu Füßen." Körner lächelte verzückt ob dieses Gedankens und träumte sich selbst hinein.
„Was is' aus ihm geword'n?", fragte Beck nach einer Weile, da Körner schwieg.
„Er wurde in Versailles, vor den Toren des Gefängnisses, öffentlich hingerichtet. Tausende von Schaulustigen waren gekommen. Einige der anwesenden Damen rannten unmittelbar nach der Enthauptung zur Guillotine und tupften ihre Taschentücher in das Blut, das über das Pflaster gespritzt war." Körner imitierte das Tupfen, indem er seine zusammengelegten Fingerspitzen mehrmals auf die Tischplatte setzte, als würde seine Hand dort etwas aufpicken.
„Merkwürdig, nicht?", ergänzte Staatsanwalt Körner noch. „Sie nahmen dies als Andenken mit nach Hause. Es herrschte ein solcher Tumult an der Richtstätte, dass es fortan keine öffentlichen Hinrichtungen mehr in Frankreich gab. Dies war die Letzte."

8.14 Uhr

Schwaners Gedanken kommen zu Clement zurück. Ja, er ist ein attraktiver Mann, wie es Dr. Körner sagte, nicht mehr ganz jung, aber für sein Alter ein echter Gigolo. Er ist gesund, das kann er als Arzt selbst am

besten beurteilen. Und er ist wohlhabend, mehr als das, er ist reich.
Schwaner geht zu dem Stuhl hinüber, auf den er seinen Mantel geworfen hatte und sucht in den Innentaschen des verschlissenen Trenchcoats nach seinem Notizbuch. Eigentlich benutzt er so etwas gar nicht bei seiner Arbeit. Er verlässt sich sonst auf seinen PC und das von ihm mitentwickelte Programm, worin er üblicherweise alle Daten zu einem Fall sammelt. Eine portable Version davon gab es leider nicht und so musste er sich die wichtigsten Fakten und Anhaltspunkte zu jedem Angeklagten in ein schwarzes Notizbuch notieren. Er löst das Gummiband und blättert, bis er auf den Namen Richard Clement stößt. Die kurzen Stichpunkte genügen ihm und die schier endlosen Monologe Clements hallen in ihm nach – er sprach gerne und ausführlich über sich.
Clement entstammte einer begüterten Familie. Sein Vater, Eugen Clement, die alles überstrahlende Figur, war weit über den Tod hinaus in seinem Leben präsent geblieben. Aus seinem Porträt heraus, das ihn in jungen Jahren in voller Leibesgröße und mit ordensbestückter Brust zeigte, beherrschte er Kindheit und Jugend des kleinen Richard. Das Gemälde, von einem jungen, jüdischen, sehr begabten Künstler während des Krieges angefertigt, war später einigen Korrekturen unterzogen worden. Am Gesicht des

Vaters aber, in das der Alte völlig vernarrt war, durfte nichts verändert werden.
Niemals wurde der Vater anders dargestellt als ein kluger, weitsichtiger, treusorgender und liebevoller Beschützer seiner Familie. In den Wirren des Untergangs war er in die Schweiz geflohen, wohin er beste Kontakte unterhielt und wo er ein Vermögen angehäuft hatte. Er blieb dort fast zwei Jahre, heiratete die Tochter eines befreundeten Bankiers – kein großes Geldhaus, sondern eine der vielen Banken, die fleißig im Stillen arbeiteten – und kehrte, als er glaubte, es sei an der Zeit, nach Deutschland zurück.
Mussten die Vertriebenen in alten Kasernen oder notdürftig bei nicht völlig ausgebombten Familien unterkommen, bezog er eine zwar beschädigte, doch immer noch herrschaftliche Villa im Westend. Er setzte darauf, dass Frankfurt Hauptstadt des neuen Deutschlands werden würde, einer der wenigen Irrtümer seines Lebens, doch ohne Belang. Das blasse, verschlafene Bonn erreichte niemals eine für die Wirtschaft wichtige Bedeutung und die Hauptstadt des Geldes entstand am Main, hierin hatte er sich nicht getäuscht.
Die vielen Kontakte, die er vor und vor allem während des Krieges knüpfen konnte, halfen ihm auch jetzt. Er wurde Direktor der Deutschen Niederlassung eines amerikanischen Ölimperiums und profitierte von seinen geschickten Geldanlagen, die er auch schon

während des Krieges betrieben hatte. Die politischen Umstände der Nachkriegsjahre mehrten sein Vermögen, in Deutschland und in der Schweiz.
Obwohl der alte Clement nie von Haus und Grund verjagt worden war, er die Entbehrungen einer wochenlangen Flucht, bespuckt, geschlagen, mit Steinen beworfen, nicht kannte, ihm der Verlust allen Hab und Guts fremd war, engagierte er sich in der Landsmannschaft der Vertriebenen und wurde über Jahre ihr Vorsitzender.
Auch hier agierte er geschickt, half mit Geld, Vermittlung und Rat, gewährte private Kredite, die er mit Zins und Zinseszins zurückerhielt. Er war nach wenigen Jahren eine einflussreiche Persönlichkeit, im Geschäftsleben geachtet, sogar bewundert, von seinen Landsleuten fast wie ein König verehrt.
Kurz vor Richards Geburt, der Name des Kindes war eine Verbeugung vor dem großen deutschen Komponisten, bezog das Ehepaar das neue Anwesen etwas außerhalb des Stadtzentrums. Die Villa im Westend fungierte von nun an als noble Geschäftsadresse für Clement selbst und honorige Mieter. Alles verlief im Sinne des Vaters, die Schatten der Vergangenheit waren verschwunden, die junge Republik boomte und seine Aussichten waren glänzend.
Völlig überraschend verstarb Eugen Clement am 1. Juni 1962, ein Datum, das sich fortan in den Familienkalender einbrannte. Richard war gerade

sieben Jahre alt und seine Kindheit ein bis dahin von Angestellten umsorgtes Dasein. Er kannte keinen Verlust, keine Entbehrung, keinen wirklichen Schmerz. Er war das verhätschelte Einzelkind, dem jeder Wunsch erfüllt wurde. Für den Vater war er der Erbe, für die Mutter der bildschöne Junge, einem Engel gleich, der Quell all ihren Glückes.

Später, schon erwachsen, sah sich Richard oft als Knabe am offenen Grab des Vaters stehen, alle Menschen um ihn herum weinten, die Mutter, die Angestellten, die vielen Fremden, die er gar nicht kannte. Und auch er versuchte zu weinen, doch es gelang ihm nicht. Liebte er seinen Vater nicht? Liebte er ihn nicht genug, weshalb ihm keine Tränen kamen? Liebten ihn alle anderen viel mehr als er? Aber er war doch sein Sohn, sein Kind, Blut von seinem Blute, wie er es aus den Geschichten kannte, die er als Kind so liebte und täglich auf Schallplatten hörte.

Clement sah sich selbst dort am Fußende der Grube stehen, umringt von schwarzen Gestalten, die ihn alle rücksichtslos musterten. Er verzog sein Gesicht zu einer Grimasse, senkte den Kopf weit nach unten, bis sein Kinn die Brust berührte. Seine schmalen Schultern ließ er hüpfen. Er hielt sich die Hände vor die Augen, rieb sie rot – doch nicht eine Träne mochte kommen. Beschämt schaute er hinter seinen Händen heraus, ob keiner sein Schauspiel erriet. Die Mutter zog ihn heran, drückte ihn an sich, in ihr schwarzes Kleid und er war befreit. In den zart duftenden Falten

musste er nicht mehr den Weinenden spielen, durfte sich ausruhen von der anstrengenden Vorstellung und war anschließend tapfer, wie viele sagten, die ihm seine schmale, kleine Hand drückten und etwas Unverständliches flüsterten.
Noch Jahre später, sein ganzes Leben hindurch, sah er sich, umringt von zahllosen Unbekannten, einzig die Mutter war ihm vertraut, am klaffenden Grab stehen, sah den Jungen, als wäre es nicht er selbst, sondern ein anderer, Fremder, stand neben ihm und lachte über sein glückloses Schauspiel, das er sofort durchschaute, dessen Falschheit er entlarvte, und er rief diesem Scharlatan zu, dass er damit aufhören solle, sofort aufhören, denn er sei ein ehrloser Lügner.
Kurz nach dem Tod des Vaters begann er zu stehlen. Es waren Kleinigkeiten, unsinnige Dinge, ein paar Murmeln, ein Taschenmesser, Stifte, sogar getragene Kleidungsstücke seiner Mitschüler, die er in seinem Versteck, einem alten Schrank im Keller, anhäufte. Als der Verdacht auf ihn fiel und er in flagranti erwischt wurde, stritt er die Taten keineswegs ab, weigerte sich allerdings hartnäckig, die gestohlenen Gegenstände herauszugeben oder ihr Versteck zu verraten. Seine Mutter ersetzte alles großzügig und sprach von „Bubenstreichen“. Man beließ es dabei, auch wenn weiterhin Dinge verschwanden, und schrieb es dem frühen Verlust des Vaters zu. Keine Strafe wurde für ihn erdacht, keine Züchtigung vorgenommen.

Richard lebte weiterhin sorglos, nie musste er sein Zimmer aufräumen, im Haushalt helfen oder Besorgungen erledigen. Freunde, wenn es so etwas gab, kamen aus ähnlich wohlhabenden Familien und wurden von seiner strengen Mutter zunächst einer Musterung unterzogen, ob sie auch einen geeigneten Umgang für ihren einzigen Sohn darstellten. Als sich seine Diebeszüge auch auf die weitere Umgebung und die nachmittäglichen Stunden ausdehnten und es erste Anzeigen von Ladenbesitzern aus der Stadt gab, persönliche Anrufe bei der Mutter, noch keine Polizei, aber Androhungen, den Jungen beim nächsten Mal zu melden, kam er in ein hochangesehenes Internat, nicht als Strafe, sondern zum Schutz vor den unerzogenen Bälgern, so die Mutter, die ihn zu diesem Handeln verführt hätten. Es dauerte jedoch nicht lange, da wurden auch von dort Diebstähle gemeldet.

Richard hatte allerdings dazugelernt und ließ sich nicht mehr so leicht erwischen. Er verwandte erhebliche Mühe darauf, immer wieder andere als Täter in Verdacht zu bringen und so von sich abzulenken. Er selbst beklagte, die Uhr seines Vaters sei gestohlen worden und überspannte damit den Bogen. Da die Schulleitung sich nicht mehr zu helfen wusste, wurden die Behörden eingeschaltet. So lernte Richard zum ersten Mal die Methoden polizeilicher Ermittlungsarbeit und der Spurensicherung kennen.

Alle Schüler mussten ihre Fingerabdrücke abgeben. Die schwarzen Kuppen zeigten sie sich gegenseitig wie Trophäen. Nur er, Richard Clement, verbarg sie scheu in seinen Hosentaschen. Er war alsbald als Täter identifiziert. Seiner Mutter, die schon länger die Wahrheit ahnte, gelang es mittels eines herzerweichenden Auftritts vor dem Direktorium, unter dem Hinweis auf den unerwarteten und frühen Tod des Vaters und mittels einer mehr als noblen Spende an den Trägerverein der Schule, Schlimmeres zu verhindern. Es wurde Stillschweigen über die Affäre vereinbart, doch Richard musste gehen.
Seine Mutter brachte ihn zu einem Psychologen, der seine Kleptomanie heilen sollte. Gleichzeitig rang sie ihrem Sohn das Versprechen ab, die letzten beiden Schuljahre, die er dank ihres Einflusses in einem elitären Internat in der Schweiz verbringen durfte, unauffällig zu bleiben. Bis auf Kleinigkeiten gelang es ihm. Er legte ein herausragendes Abitur ab und begann noch im gleichen Jahr in Freiburg mit seinem Medizinstudium. Vom Wehrdienst wurde er auf Grund eines Attestes befreit. Der ausstellende Arzt war ein guter Freund seiner Mutter, vielleicht auch mehr, und seit einiger Zeit steter Gast in ihrem Haus.
Jahr um Jahr wiederholte sich der Ritus, dass am 1. Juni die Mutter beim Frühstück sagte: „Heute ist der Vater soundso viele Jahre tot.“ Dabei sprach sie das „Heute“ mit schweizerischer Einfärbung, dass es klang wie „Hütt“ oder „Huit“, schnell gesprochen,

um dann anschließend wieder in ihren langsamen Sprachduktus zu fallen: „Hütt ist der Vater dreißig Jahre tot." Es folgten Minuten der stillen Andacht, auch als längst ein anderer Mann, der Arzt, seinen Platz am Tisch eingenommen hatte. Nach dem Frühstück fuhr man zum Hauptfriedhof, besorgte am Eingang einen mächtigen Strauß Blumen und schritt in stiller Prozession zum Grabe hin, das, pompös wie es war, alle anderen ringsherum überragte. Die letzten Schritte glichen tatsächlich dem heimlichen Besuch bei einem Schlafenden, so behutsam traten Mutter und Sohn an den lebensgroßen Engel heran, der mit weit aufgeschlagenen Flügeln und empfangenden Armen am Ende der marmornen Grabplatte stand.

„Ich bin das Licht der Welt. Wer mir nachfolgt,
der wird nicht wandeln in der Finsternis,
sondern wird das Licht des Lebens haben."

Unter die in den Stein eingravierten Zeilen legten sie den Strauß ab, falteten die Hände, und es war Richard, als ob er wieder versuchen müsste zu weinen, was ihm auch dieses Mal nicht gelang. Er stand gebeugt unter dem gütigen Blick des Engels und horchte in sich hinein. In diesem Augenblick war ihm, als blicke der Vater tatsächlich auf ihn herab, beobachte ihn, wie er auch jetzt nicht in der Lage ist, wahre Trauer zu empfinden. Mehr noch, die Distanz zwischen Vater und Sohn war größer geworden, und einzig der Mutter zuliebe kam er Jahr um Jahr hierher, wie ein seelenloser Trabant in den Unendlichkeiten des Universums, der an einem vorbestimmten Datum einen vorhersagbaren Ort durchstreifen muss.

Als Kind hatte Richard tatsächlich in dem steinernen Engel den Vater gesehen, der sich jeden Augenblick in die Lüfte emporschwingen konnte und fortan über ihn wachend am Firmament kreiste. Mehr als einmal glaubte er fest, den Vater über sich, wenn nicht zu sehen, so doch seinen alles durchdringenden Blick zu spüren.

Solange seine Mutter lebte, sie zählte bis zum zweiunddreißigsten Todestag des Vaters, erschien er jeden 1. Juni pünktlich zum Frühstück. Selbst der Arzt war da schon lange tot, ohne dass seine Jahre jemals gezählt wurden.

Nach dem Studium arbeitete er einige Jahre in Krankenhäusern und Privatkliniken, ehe er die Praxis des mütterlichen Freundes übernahm und sie im Erdgeschoss der Villa im neuesten Stil wiedereröffnete. Er spezialisierte sich als Internist und auf Privatpatienten. Die Praxis florierte und nach dem Tod seiner Mutter, der ihn härter traf als das frühe Ableben des Vaters, sorgte das elterliche Erbe endgültig dafür, dass er sich um den Unterhalt seines luxuriösen Lebens nicht mehr sorgen musste. Er schaffte sich weitere Immobilien an, die er, wie die oberen Etagen der Villa, an Rechtsanwaltskanzleien und Wirtschaftsprüfer vermietete. Wie sein Vater besaß er ein glückliches Händchen bei Geldanlagen, und in der Schweiz schlummerte noch immer der Schatz, der sich Jahr um Jahr von selbst vergrößerte. Ebenso wie das Vermögen erbte Clement auch den Stand innerhalb der aus Siebenbürgen Vertriebenen, obwohl er selbst niemals dort gelebt, noch jemals dorthin gereist war. Sein Vater, der noch immer gegenwärtige und alles überstrahlende Vorsitzende von einst, hatte ihm einen festen Platz in ihrer Mitte geschaffen. Richard war einige Jahre im Vorstand aktiv, ohne den Glanz und die Gefolgschaft zu erlangen, wie sie seinem Vater gegolten hatten. Er zog sich in jungen Jahren schon zurück und agierte fortan aus dem Hintergrund.

Er war reich, er war angesehen und er war attraktiv. Trotz dieser Umstände fand er im Privaten nicht sein Glück und war bis zum heutigen Tage Junggeselle. Natürlich hatte es zahlreiche Affären und Liebschaften in seinem Leben gegeben. Er war begehrt und viele Schönheiten lagen ihm zu Füßen. Selbst in der Praxis machten ihm die Ehefrauen seiner Golffreunde Avancen, er konnte nach Belieben auswählen.

In seinen besten Jahren bezeichneten sich bis zu drei Frauen zu Recht als seine Verlobte, nicht selten wussten sie voneinander. Zum Finale, also zur Hochzeit, kam es allerdings nie.

Seine sexuellen Vorlieben waren nicht weiter außergewöhnlich. Er bevorzugte dominante Frauen, die

die Initiative ergriffen, die sich ihm offen anboten und später im Bett den aktiven Part übernahmen. Eine Zeitlang liebte er es, mit zwei Frauen gleichzeitig zu schlafen, das ging vorüber. Er suchte Kontakt zur Sadomaso-Szene, spielte sogar mit dem Gedanken, sich ein Studio im Keller seines Hauses einzurichten, als ihn diese Begierde ebenso plötzlich wieder verließ, wie sie gekommen war. Er stieg keinen Kindern hinterher, weder Jungen noch Mädchen und verabscheute Päderasten zutiefst. Im Grunde war sein sexuelles Feuer schon mit Anfang vierzig erloschen. Er glaubte, für sich alles erlebt zu haben, was es in diesem Bereich zu erleben gab. Er fühlte sich satt, sogar überfressen daran. Er fragte sich, was noch kommen sollte und konnte sich nicht vorstellen, von einer Frau so gefesselt zu sein, dass er mit ihr den Rest seines Lebens verbringen mochte. War er zuvor begierig, jeden Tropfen dieser betörenden Flüssigkeit zu schmecken, sah er sich jetzt einem endlosen See gegenüber, dessen süßes Wasser er bereits zur Genüge gekostet hatte. Zu Männern verspürte er überhaupt keine Neigung. Packte ihn einmal die Lust auf eine Frau, versuchte er sein Glück in einschlägigen Lokalen – seine Attraktivität hatte nicht nachgelassen. Mehr und mehr wählte er einen exklusiven Escortservice, der ihm seine Wünsche gezielt und unkompliziert erfüllte. Dies ersparte ihm die überdrüssigen Stunden des Werbens und Lockens.

„Der Mensch, der ihm am nächsten steht“, liest Schwaner in seinem Büchlein ab und erinnert sich an die Situation, als er Clement mit dieser scheinbar harmlosen Frage völlig überraschte.
Nach den teilweise minutiösen Darstellungen seiner zahlreichen Beziehungen, Affären und Eskapaden schwieg Clement perplex. Er presste die Lippen zusammen und in den ruckartigen Bewegungen seiner Augen war zu sehen, wie er fieberhaft versuchte eine Antwort zu finden. Der Mund entspannte sich und Schwaner hätte schwören können, dass Clement „meine Mutter“ sagen wollte. Doch sie war schon viele Jahre tot und im nächsten Moment wurde sich Clement der Tatsache bewusst, welch kurioses Bild er abgäbe, wenn er jetzt seine längst verstorbene Mutter nennen würde. Die Augen tanzten von Neuem hin und her und es dauerte schon zu lange, als dass die Antwort, die jetzt noch käme, glaubhaft wäre.
Es gab niemanden, stellte Schwaner für sich fest, auch wenn Clement sich kurz darauf entspannt zurücklehnte und ausführte: „Wissen Sie, in meiner Position wird nicht mehr der Mensch gesehen, es zählt nur noch der Besitz, dessen müssen sie sich immer bewusst sein. Begriffe wie Zuneigung oder gar Liebe gibt es hier nicht. Oder glauben Sie etwa, eine Zwanzigjährige liebt den fünfzig Jahre älteren Millionär tatsächlich?“ Clement sprach in einem sarkastischen Ton. Das Wörtchen „liebt“ spuckte er dabei fast aus.

8.14 Uhr

Schwaner sieht von seinen Notizen auf. Stichpunkte genügen ihm und sofort sieht er die Bilder vor sich, wie Szenen aus einem Film. Er erinnert sich eines anderen Clement, eines zornigen, wilden und wütenden, der mit rotem Kopf und irren Augen, seine sonst so gewählte Ausdrucksweise vergessend, ihm gegenübergesessen hatte. Ein Clement, der heftig mit den Armen schwang, mit unsichtbaren Geistern kämpfend, der fast kreischte, tobte und sich selbst schlug.

„Wissen Sie, wer mein Vater war?", schrie er. „Nein, natürlich nicht. Woher auch. Ein Nazi war er, ein echter, fetter Nazibonze. Ein wirklich hohes Tier. Da staunen Sie!"

Schwaner staunte keineswegs.

„Eines Tages steht so ein Student oder so etwas vor meiner Tür. Fragt mich, ob ich alte Fotografien von meinem Vater hätte, Bilder von damals, aus dem Krieg. Oder ob es noch Dokumente aus der Zeit gäbe, irgendetwas, Unterlagen. Zunächst dachte ich, er möchte eine Biografie, ein Buch über meinen Vater schreiben, über den großen, berühmten Eugen Clement, das lebendig gewordene Wirtschaftswunder. Erst nach und nach begriff ich, dass er an einem ganz anderen Thema arbeitete. Er war Historiker, Wirtschaftshistoriker, wenn es sowas gibt. Er arbeitete daran, wie sich das Dritte

Reich in den letzten Kriegsjahren mit Rohstoffen versorgte. Dabei war er auf meinen Vater gestoßen, bei Recherchen in Rumänien. Er sagte, mein Vater sei eine der Schlüsselfiguren gewesen und zuständig dafür, über den Balkan und die Türkei vorrangig Öl ins Reich zu schaffen. Er erzählte mir auch etwas von der Schweiz, über die die ganzen Zahlungen abgewickelt worden waren. Das von den Juden gestohlene Geld floss durch seine Hände. Mit ihm wurde das Öl, das zum Teil sogar von amerikanischen Firmen kam, bezahlt. Das müssen Sie sich mal vorstellen."
Clement schlug sich an den Kopf, wirkte wie besoffen. „Er hat mit dem gestohlenen Geld der Juden bezahlt, mit dem Gold, das man ihnen zuvor aus den Mündern gebrochen hatte." Er schüttelte verzweifelt den Kopf, legte ihn einen Moment auf seine verschränkten Arme und richtete sich wieder auf.
„Ich habe dem jungen Mann eine Stange Geld gezahlt, damit er alles herausfindet, alles, einfach alles. Und ihn beauftragt, dass er mir anschließend die Unterlagen übergibt, mir, niemand anderem. Und dass er schweigt." Clement lächelte bemüht, Schweiß stand auf seiner Stirn. „Das war ich dem Andenken meines Vaters doch schuldig, oder nicht? Dem großen, von allen geschätzten, von allen verehrten Eugen Clement, dem Engel!"
Schwaner sagte keinen Ton.
„Sie können sich gar nicht vorstellen, was da alles ans Licht kam. Unvorstellbar! Und mit welcher Akribie

sie damals über alles Buch geführt hatten. Wahnsinn! Da wurde sogar mit Leben bezahlt, können Sie sich das vorstellen, mit Leben! So viel tausend Leben gegen so viel tausend Fass Öl." Clement klopfte jede Silbe auf den Tisch.
„Er war vielleicht nicht einer der Mörder, aber er wusste genau Bescheid. Er wusste, woher das Geld kam, woher das Gold kam, woher die Leben kamen, mit denen er Handel trieb. Und er hat sich einiges davon abgezweigt, für später!" Wieder grinste er verbissen und blickte böswillig herüber.
„Ich weiß nicht, was meine Mutter von alledem wusste, oder mein Großvater. Es wurde ja nie darüber gesprochen, das Thema, diese Zeit war tabu. Und nach dem Krieg ging es genauso weiter. Nur machte er da Geschäfte mit den Kindern und Enkeln derer, denen er zuvor alles geraubt hatte. Ein Glück, dass er 62 gestorben ist, sonst hätten sie ihn womöglich auch hier vor Gericht gestellt. Meine Mutter und mich ließen sie in Ruhe."

Er ist ein stattlicher, attraktiver, vermögender Mann, in gewisser Weise sogar eine Schönheit, auch heute noch. Schwaner sieht Clement vor sich, sein gepflegtes Äußeres, sein markantes Kinn, das volle Haar, die schmale Nase. Er sieht ihn lässig auf einem dieser blauen Stühle sitzen, hier am Tisch, den linken Arm nach hinten über die Rückenlehne herabhängend. Er würde seine rechte Hand entspannt

auf den Tisch legen, sich eine Zeitschrift nehmen und desinteressiert darin blättern. Zurückgelehnt würde er einige Bilder betrachten, ebenso abfällig, wie er damals die Bilder der Toten im Wald angeschaut hatte, die ihm vorgelegt wurden.
Ja, er sieht diesen arroganten und selbstgefälligen Clement hier am Tisch. Einen Clement, der zudem die sorglose Unabhängigkeit der Reichen ausstrahlt, die bei Frauen so gut ankommt. Anders als die Familie Kaduks, die völlig mittellos und verarmt nach Wochen der Flucht in einer ehemaligen Kaserne unterkam, sechs Personen in einem Zimmer, in dem auch gekocht, gewaschen und geschlafen werden musste, waren Clement Entbehrungen völlig unbekannt. Eine Sache flammte allerdings nach dem Tod der Mutter wieder in ihm auf: sein Hang zum Stehlen. Obwohl er sich alles leisten konnte, was er wollte, liebte er den Reiz der verborgenen und verbotenen Aneignung, des Einsteckens, des schnellen Griffs oder der raffinierten Täuschung. Seine alte Leidenschaft entbrannte aufs Neue, wurde noch stärker und avancierte zu seinem Lebenselixier. Er durchwühlte die Handtaschen seiner Patientinnen, während sie nebenan auf eine Adresse warteten, die er ihnen schnell am PC herauszusuchen versprach. Er tastete die Taschen der Anzüge ab, die verwaist in den Kabinen hingen, selbst die persönliche Habe seiner Mitarbeiter war nicht vor ihm sicher, zumindest sagten diese das später so aus. Vieles erschien plötzlich in einem neuen Licht.

Einmal sedierte er einen Patienten, nur um in Ruhe dessen Auto durchsuchen zu können.
Wie damals entwendete er zunächst Kleinigkeiten, ein paar Scheine, ein in Leder gebundenes Notizbuch, ein Brillenetui, ein Feuerzeug. Es waren immer Dinge, bei deren Verschwinden die Eigentümer nicht sicher waren, wo und wie sie ihnen abhanden gekommen waren. „Eben war es doch noch da, das verstehe ich nicht. Hab ich es vielleicht verloren oder liegen lassen?“ Ihn erfreuten die hilflosen Erklärungen, das mühsame Erinnern, die plötzliche Wertschätzung für etwas, das erst durch sein Verschwinden kostbar wurde. Er amüsierte sich über die verzweifelten Anstrengungen seiner Opfer, während er mit dem Diebesgut in seiner Hosentasche spielte oder es sicher verwahrt in der Schublade seines Schreibtisches wusste.
Niemand verdächtigte ihn, wie schon damals kam er als Täter überhaupt nicht in Betracht. Geld und Besitz machten immun gegen solche Anschuldigungen. Als einmal ein Patient standhaft darauf beharrte, sein goldener Montblanc-Füllhalter sei noch kurz zuvor in seinem Jackett gewesen, er habe damit wichtige Papiere unterzeichnet, fand sich das teure Schreibgerät in der Ecke der Umkleide, wohin es sicherlich beim An- und Ausziehen gefallen war. Der Herr blieb skeptisch und flüsterte Clement ins Ohr, er solle auf die Helferin mit dem dunklen Teint doch ein besonderes Auge haben, sie sei ihm verdächtig. Sie

habe ihm bestimmt bei der Voruntersuchung den Stift entwendet und später in die Kabine zurückgelegt.
Clement bedankte sich für den Hinweis und sicherte dem Patienten zu, seine Mitarbeiterin schärfer zu beobachten. „So etwas kann einem tadellosen, ehrbaren Mann und Arzt, wie Sie es sind, den Ruf ruinieren. Seien Sie auf der Hut“, sagte der Herr zum Abschied und klopfte ihm auf die Schulter.
Clement ärgerte, dass er das bereits Besessene wieder hatte hergeben müssen. Es war eine Niederlage, fast so bitter wie damals im Internat. Er rief die betreffende Helferin zu sich und stellte sie zur Rede. Diese fiel aus allen Wolken und beteuerte ihre Unschuld. Clement gab vor, ihr dieses Mal noch zu glauben, schickte sie aber mit den Worten, er wolle das nicht noch einmal erleben, wieder an die Arbeit.

War es die alte Kleptomanie, die ihn zu seinen späteren Taten verleitete? Schwaner hatte lange über die Gründe nachgedacht. Auch jetzt, heute, kurz vor seiner Aussage, konnte er es nicht sicher beantworten.
In einem der wenigen Momente, in denen sich Clement später zumindest hypothetisch zu den ihm zur Last gelegten Verbrechen äußerte, gab er an, dass ihn die persönlichen Gegenstände viel mehr reizten als das Geld. Bei der Durchsuchung seines Hauses, des noch von seinem Vater erbauten Anwesens, entdeckte die Polizei zwei versteckte Räume. Hier sollte einmal

das Studio entstehen, das er dann doch nicht verwirklichte. Die beiden Zimmer waren vollgestopft mit dem Hab und Gut der Vermissten. Darunter fand sich viel Schmuck, nicht immer wertvoll, der in einer weißen Vitrine, wahrscheinlich ein ausgemustertes Stück seiner Praxis, ausgelegt war. Im hinteren Raum stapelten sich Koffer bis zur Decke, alle noch mit der Kleidung für Männer, Frauen, Kinder gefüllt. In einem alten Schrank, unter einem doppelten Boden, fanden sich die von Clement in der Schulzeit gestohlenen Gegenstände. Bei einer Ortsbegehung mit Clement war deutlich zu erkennen, dass ihm diese Beute besonders wichtig war. Er verwahrte sie nach wie vor am gleichen Ort und fragte sogar, ob er ein, zwei Dinge davon mit in die Zelle nehmen dürfe. Auf Nachfragen des Kommissars erzählte er en détail, von wem und wie er damals in der Schule dies oder jenes an sich gebracht hatte. Seine Augen leuchteten vor Begeisterung, so wie ihm später auch die tiefe Enttäuschung anzumerken war, als ihm der Wunsch verwehrt wurde. Es schien für ihn eine höhere Strafe als alles, was da kommen mochte.
Der Zugang zu Clements Haus war ebenerdig. Ein lang gestrecktes Vordach führte von der Straße bis zur Milchglasfront des Eingangs, der von beiden Seiten von zwei mannshohen Pflanzen in Terracotta-Töpfen eingerahmt wurde. Das Türblatt war kaum zu erkennen. Es schwang motorgetrieben aus der matten Fläche heraus und fügte sich ebenso leise

surrend wieder ein. Bis auf einen dünnen Strich, ein Kratzer im Eis, war nichts zu sehen. Der Eingang zu Alibabas Höhle hätte nicht besser verborgen sein können.
Nach einer quadratischen Diele folgte ein etwa zwei Meter breiter und drei Meter langer Korridor, der rundum verspiegelt war. In den Eckkanten waren dünne Leuchtstreifen eingesetzt, die ein erstaunliches Licht abstrahlten und dennoch nur als dünne, helle Streifen zu sehen waren. Trat allerdings eine Person zwischen die Spiegel, leuchtete das Licht förmlich auf, als würde es sich über den Besucher in seiner Mitte freuen. Es umfloss den Körper von allen Seiten, enthob ihn dem trüben Halbdunkel, das noch eben herrschte. Jedes Detail, jede Hautpore, jedes Haar, jede Schuppe auf der Schulter, jede Falte, ob im Gesicht oder auf den Kleidern, wurde sichtbar. Schwaner fand es jedes Mal faszinierend, wie sich sein hochgewachsener Körper in grenzenloser Vervielfältigung verkleinerte und letztlich als winziger Punkt im Nichts verlor. Mit jeder Bewegung, die sofort auch der Entfernteste nachahmte, konnte er über die unzähligen Dubletten seiner selbst gebieten.
Er dachte an Clement, stellte sich vor, wie dieser sich jeden Morgen hier spiegelte und von vorne und von hinten sein Erscheinungsbild prüfte. Es ging dabei um mehr als den Sitz von Hose, Hemd und Mantel, die Kombination der teuren Schuhe mit dem Gürtel und dem lässig umgeschlungenen Schal. War Narziss der

Sage nach seinem eigenen Spiegelbild, das er einzig auf der Oberfläche des Wassers sah, verfallen, war es bei Clement sein in die Unendlichkeit gespiegeltes Selbst.
Nichts im ganzen Haus, nicht der begehbare Kleiderschrank, das Schwimmbad nebst Sauna, das teils vergoldete Esszimmer, die Bibliothek aus Mahagoni, die Sportwagen in der Garage, die Küche, selbst schon eine kleine Wohnung wert, nichts von alledem entsprach so sehr der Eitelkeit Clements wie dieses Stück Flur. Schwaner konnte es klar erkennen, als sie ihn nach der Begehung wieder nach draußen führten, wie sein Gang stockte, er einen Moment verweilen wollte, stehen bleiben musste, um sich einen kurzen Augenblick selbst zu betrachten. Seine Augen verengten und lösten sich, seine Lippen formten unausgesprochene Worte, seine Miene grüßte den lange Vermissten im Spiegel.
Schwaner saß eine halbe Nacht zwischen den reflektierenden Wänden und dachte über Clement nach. Was brachte jemanden, der schon alles besaß, dazu, das zu tun, was Clement getan hatte? Warum waren Millionen nicht genug. Er erinnerte sich der vielen selbstgefälligen Erklärungen Clements, mit denen er natürlich nichts eingestanden, doch dem Hauptkommissar und allen anderen Zuhörern ein Panoptikum seiner verschrobenen Weltanschauungen präsentiert hatte.

„Seitdem wir das Geld entfesselt, es seiner ursprünglichen Bedeutung beraubt haben und es heute der Maßstab unseres Lebens ist, bemühe ich mich, so viel wie möglich davon zu besitzen."
„Sie scheinen immer noch in der Vorstellung zu leben, Geld bewege sich in einem Kreislauf. Glauben Sie mir, das ist naiv. Es fließt oder fällt, wie bei einem Wasserfall, nur in eine Richtung und zwar zu denen, die schon darin baden."
„Mit dem Reichtum ist es wie mit dem Kochen. Sie nehmen ein Drittel Reis und zwei Drittel Wasser und am Ende haben Sie einen ganzen Topf voll. Aber wissen Sie, dieses Rezept beherrschen nur wenige, uns bleiben da oft nur die simpleren Methoden."
Geld, Geld, Geld. Immer wieder kam Clement darauf zurück. Wie Kaduk mehr und mehr aus der Bibel zitierte, sprach Clement immerfort von der „Entfesselung des Geldes", als sei dies ein ganz besonderer Gedanke, ein originelles Bild, auf das er stolz war.
„Früher war Geld ein schnödes Tauschmittel, ein Symbol für eine Ware, die einen bestimmten Wert besaß. Heute ist Geld ein Phantasieprodukt, an nichts mehr gebunden, doch wichtiger als die Luft zum Atmen. Es ist eine alles verpestende Droge, die nur die überleben lässt, die auf Bergen davon sitzen. Alle anderen, glauben Sie mir, sind lediglich Sklaven und werden vom Geld in den Staub gedrückt."

Schwaner kannte Clements Weisheiten schon zur Genüge. Er berief sich darin immer auf eine anonyme und schwammige Kaste von Menschen, denen er alles Schlechte dieser Welt anlastete, zu der er aber gleichzeitig unbedingt gehören wollte. Er war einerseits ihr willenloser Diener, andererseits ihr eifriger, unschuldiger Nachahmer. Diese Sätze sprach er immer in einem lehrmeisterlichen Ton. Manchmal hatte Schwaner den Eindruck, Clement halte nur mit Mühe die Frage zurück, ob man seine Worte auch verstanden habe, also richtig verstanden habe.
„Ich wohne in einer Straße mit wunderschönen Häusern. Die Häuser haben Balkone, Terrassen zum Garten hin und auf dem Dach. Das Tor öffnet sich automatisch und überall wachen Videokameras." Clement faltete seine Hände wie zum Gebet über der Tischplatte ineinander und schaute seinen gekreuzten Fingern zu, wie sie sich auf und ab bewegten. „Jedes Mal, wenn eines dieser Häuser verkauft wird – und sie werden oft verkauft –, kommt einer, der reißt alles heraus und baut sie noch größer, noch prächtiger und noch schöner wieder auf, obwohl der Besitzer davor nur einige Jahre darin lebte. Und statt einem, stehen jetzt zwei Porsche vor der Tür. Jetzt frage ich Sie: Ist das gerecht?"
„Aus Geld mache ich mir nichts", antwortete Schwaner lapidar und brachte damit Clement zum Schweigen.
Als Schwaner an jenem Abend zwischen den Spiegeln im Eingang des Hauses saß, versuchte er, in

die Person Clements einzutauchen. Er arbeitete sich Bild um Bild, Spiegelung um Spiegelung, Ebene um Ebene voran, häutete eine Facette nach der anderen von dem imaginären Clement ab, tastete sich an den in weiter Ferne erkennbaren Punkt heran. Eine entscheidende Rolle spielten die kleptomanen Züge des Arztes. Schwaner war überzeugt, dass für Clement der materielle Wert einer gestohlenen Sache völlig bedeutungslos war. Clement wollte sich ein Stück der anderen Person aneignen. Er suchte sich die Gegenstände sehr genau aus. Sie mussten in einer unmittelbaren Beziehung zu dem Besitzer stehen.

So erzählte er Schwaner, nachdem sie sein Haus wieder verlassen hatten und auf der Rückfahrt ins Präsidium waren, die Geschichte zu der billigen Nagelfeile, die er gerne mitgenommen hätte. Diese gehörte einmal einer Mitschülerin im Internat. Das Auffälligste an dem Mädchen waren ihre Hände, die wirklich ausgesprochen schön waren. Der Rest erschien ihm eher mittelmäßig. Sie pflegte ihre Hände ohne Unterlass, insbesondere ihre Fingernägel. Selbst im Unterricht feilte sie an ihnen, sobald sich auch nur der kleinste Makel zeigte. Lebhaft führte Clement die Bewegungen vor, die Finger der linken Hand weit auseinandergespreizt, die rechte hielt etwas zwischen Daumen und Zeigefinger und wischte in kurzen Bewegungen um die Kuppen der Linken herum. Dazu beschrieb er die ernste Miene und

die völlig vertiefte Haltung des Mädchens, sodass Schwaner sie förmlich vor sich sah und sich das Lachen nicht verkneifen konnte.
„Diese Feile musste ich haben!“, erzählte Clement inbrünstig weiter. Er war noch immer sehr aufgeregt. „Leider wollte sie von mir nichts wissen. Alle meine Versuche, mich an sie ranzumachen, scheiterten. Ich war ihr wahrscheinlich zu hübsch, das verunsicherte sie. Sie teilte sich mit ihrer Freundin das Zimmer. Das war so eine typische Mädchenfreundschaft, die immer aus Gegensätzen bestehen, kennen Sie bestimmt: Hübsches Mädchen – hässliches Mädchen, großes Mädchen – kleines Mädchen, schlankes Mädchen – dickes Mädchen. Die mit der Feile war ganz hübsch, die andere hässlich wie eine Radkappe. Ich machte mich dennoch an sie ran. Eines Nachts kletterte ich sogar an der Fassade des Wohnheims zu ihrem Zimmer empor, immerhin im zweiten Stock. Der Mädchentrakt war für uns Jungs absolut tabu. Ich stieg also durchs offene Fenster in ihr Zimmer. Das imponierte scheinbar der von mir Umworbenen außerordentlich. Sofort begann sie mich von oben bis unten abzuküssen, säuselte mir unanständige Dinge ins Ohr, nestelte an meinen Kleidern herum und war selbst im nächsten Moment oben ohne. Ihre Nachbarin, die mit der Feile, verließ das Zimmer und sagte, dass es ja nicht zum Aushalten sei. Sie komme in einer halben Stunde wieder, bis dahin sollten

wir fertig sein. Ich bemühte mich zwischen all den stürmischen Küssen und Liebkosungen, mein wahres Objekt der Begierde zu entdecken und tatsächlich: Da lag es, auf dem kleinen Nachttisch, gleich unter der Lampe. Ich entwand mich der Umklammerung meiner Holden, sie hatte trotz allem außerordentlich schöne Brüste, fällt mir dabei wieder ein, und sprang in gespielter Panik ein Stück zurück, drehte mich um, hielt mich am Tischchen fest und stotterte: „Da, da, da, da, das geht mir jetzt zu schnell." Schon hielt ich die Nagelfeile in Händen und im nächsten Moment, als ich mich wieder umdrehte, war sie in der Gesäßtasche meiner Hose verschwunden. Ich hatte nun wirklich überhaupt kein Interesse mehr an der halbnackt vor mir Stehenden, schwang mich zum Fenster hinaus und rief ihr beim Absteigen noch hinauf: „I, i, i, i, i, ich kann das nicht. I, i, i, i, i ich hab' auch noch nie! Tu, tu, tu, tu, tut mir leid!" Das war natürlich alles gelogen. Heil unten angekommen, wollte ich vor Glück in die Luft springen, besann mich aber und lief davon. Die Verschmähte sprach kein Wort mehr mit mir, war mir auch egal. Ich hatte, was ich wollte."

Schwaner und Beck hatten mehrfach laut aufgelacht und in freudiger Erwartung der nächsten, lustigen Wendung gelauscht. Da war Clement plötzlich nur ein Mensch wie Milliarden andere. Ja, auch mit einem Monster, einem Massenmörder, konnte man lachen und Spaß haben.

8.18 Uhr

Schwaner gähnt herzhaft, kurz darauf nochmals. Er steht auf, dreht ein paar Runden um den Tisch, bleibt links vor dem Fenster stehen, liest wieder die kaum sichtbaren Wörter, die er nur deshalb sieht, weil er weiß, dass sie da sind. Vielleicht ist es jemand von der Polizei, denkt er. Idioten gibt es überall.

Was war nicht alles geschrieben worden in den Monaten, die vergingen, bis endlich Anklage erhoben, ein Gerichtsort gefunden und der gesamte Ablauf organisiert war. Das Ausmaß des Falles stellte das deutsche Rechtssystem vor große Probleme und bisher unbekannte Fragen. War nicht eher der internationale Gerichtshof in Den Haag zuständig? Eine Verlegung dorthin wurde auch vehement von der Verteidigung verfolgt, da sie Deutschland, und insbesondere Frankfurt, als keinen neutralen Gerichtsort ansah. Auch in der Politik liebäugelten einige namhafte Personen mit diesem Gedanken, konnte dies doch die lästige Frage, wie so etwas hatte geschehen können, in eine gewisse Ferne rücken. Alle am Prozess Beteiligten wurden von Rechtsanwalt Steinacker, dem Verteidiger Clements, rundheraus als „befangen“ beschuldigt. Insbesondere die einseitige Berichterstattung in den Medien erklärte er hierfür verantwortlich.

Da zu den Beschuldigten kein Durchkommen war, wurden von den Journalisten kleinste Kleinigkeiten ihres bisherigen Lebens zu Tage befördert. Jeder, der auch nur den entferntesten Kontakt zu den Tätern hatte, wurde interviewt und seine Aussagen in breiten Lettern als Sensation, als neues, wichtiges, bisher unbekanntes Detail auf der ersten Seite der Zeitungen und Journale angekündigt. War Kaduk, dessen Vergehen als Pfleger im Altenheim abgetrennt und in einem anderen, weiteren Verfahren behandelt werden sollten, ein „schwarzer Engel“, ein „Serienkiller“, ein „Teufel“, Servet U. eine „Bestie“, Capesius der „willfährige Geist“, waren Sander und Prüfer „Handlanger des Todes“, stellten die Anschuldigungen gegen Dr. Clement alles in den Schatten und die sonst erfindungsreichen Reporter vor ein Dilemma. Wie konnte der Teufel der Teufel, der Killer der Killer, die Bestie der Bestien, der dunkelste Engel von allen benannt werden?

Ein findiger Redakteur grub die Geschichte von Dr. Marcel Petiot aus.

Petiot war Arzt in Paris während der Besatzungszeit im Zweiten Weltkrieg. Er bot jüdischen Emigranten einen angeblich sicheren Fluchtweg nach Südamerika und lockte sie damit in seine Praxis. Dort verabreichte er ihnen eine angeblich notwendige Impfung vor der Abreise und somit eine tödliche Injektion. Petiot lavierte sich geschickt durch die wechselnden politischen Umstände. Gegenüber den Nazis, die auf sein Treiben aufmerksam wurden, stellte er sich als flammender Faschist dar, der ebenso wie sie die verhasste Judenbrut verfolge. Nach der Befreiung von Paris, als Nachbarn, durch den bestialischen Gestank alarmiert, die französische Polizei einschalteten, behauptete Petiot, Mitglied der Resistance zu sein. Die in seinem Keller gefundenen Leichenteile gehörten Kollaborateuren, die er unschädlich gemacht habe. Er wurde als Held entlassen und konnte untertauchen. 1946 wurde er erneut verhaftet und vor Gericht gestellt. Die Presse, die den Prozess damals minutiös verfolgte, erfand für Petiot den Namen „Dr. Satan". Er starb am 25. Mai desselben Jahres durch die Guillotine. Diese Hinrichtung fand im Innenhof des Gefängnisses von Versailles und unter Ausschluss der Öffentlichkeit statt.

Dr. Körner kannte den Fall Petiot natürlich und ärgerte sich, dass er nicht selbst darauf gekommen war. Er konnte zumindest noch beisteuern, dass der französische Inspektor, der Petiot schließlich überführte, die literarische Vorlage für den berühmten Kommissar Maigret gab – was allerdings völlig nebensächlich und unbedeutend war und nur zur Folge hatte, dass Beck Schwaner tagelang mit „Monsieur Maigret" oder „Chef" anredete.

Der Fall des Dr. Petiot wies tatsächlich einige Parallelen zu dem von Clement auf, der, von Schwaner danach befragt, keine Kenntnisse über seinen Vorgänger besaß, sich aber zufrieden mit dem Namen „Dr. Satan" zeigte, der ihm von nun an verliehen war.

„Jetzt könnte auch ich ein Teil der Kriminalgeschichte werden“, sagte er später einmal. „Sie müssen mir das alles nur noch beweisen.“
Alle Blätter, Sender und Internetseiten übernahmen sofort den endlich gefundenen Namen: Dr. Satan. Schwaner fand ihn albern. Noch grotesker waren die anschließend abgedruckten Karikaturen und Porträts, die Clement mit Hörnern, als Ziegenbock, als diabolischen Mephisto oder blutrünstigen Vampir zeigten. Nichts von alledem entsprach der tatsächlichen Person Clements, deren Wesen der Hauptkommissar nach und nach entblößte.
Irgendwann schien die Presse jeden noch so kleinen Puzzlestein einer Biografie gefunden, den entferntesten Kontakt aufgedeckt, jede Facette der Persönlichkeit beleuchtet zu haben. Wohlgemerkt, keiner der daran Beteiligten, ob Journalisten, Psychologen, Profiler, Politiker, Ärzte und die, die zu jedem Thema etwas zu sagen haben, hatten auch nur ein Wort mit dem Beklagten gewechselt.
Unmengen an Theorien waren im Umlauf. Es schien auch niemanden zu stören, dass es sich dabei um zum Teil völlig widersprüchliche Ansätze handelte, nicht selten von den gleichen Medien, nur in einem anderen Format veröffentlicht. In der mittäglichen Talkrunde war „Clement“ eine von niedrigsten Instinkten getriebene, blutgierige Bestie, für die es nur eine Strafe gab. In der abendlichen Sondersendung

kamen die Anwesenden zu dem Schluss, dass es sich ganz klar um einen schwer erkrankten Menschen handelte, der für seine Taten nicht verantwortlich sei und der dringend professionelle Hilfe benötigte. Hierbei wurde sogar die Wiedereingliederung Clements in die Gesellschaft diskutiert.

Eine Strömung innerhalb der öffentlichen Analyse sprach von der „Banalität des Bösen“, die sich hier wieder einmal zeige. Dem Kopf dieser Verbrechen sei es nur darum gegangen, sich zu bereichern. Das seien niedrigste Vorsätze und Beweggründe, bei denen es keine politische Motivation gebe. Seine Helfer und Helfershelfer, die er perfekt organisiert in seine Maschinerie eingebaut hätte, wären nur funktionierende Teilchen gewesen, Menschen, die jede Eigenverantwortung abgelegt hätten und damit auch jede menschliche Empfindung. Es waren die netten Nachbarn von nebenan, bisher völlig unauffällig, die, plötzlich enthemmt, zu Unvorstellbarem fähig waren, da sie sich einzig dem Erfolg verpflichtet sahen. Wenn man hier einen gesellschaftlichen Hintergrund aufspannen möchte, dann nur einen wirtschaftlichen. Im Rahmen des heute gängigen Prinzips, dass dem größtmöglichen Gewinn alles andere untergeordnet wird und somit der Zweck alle Mittel heiligt, glaubten sie sich sogar auf der richtigen Seite.

Die andere, eher intellektuell geführte Debatte, konnte dem Begriff der „Banalität des Bösen“ auch

zustimmen, sah dies aber vor einem gänzlich anderen Hintergrund. Das aktuelle politische Klima: Der salonfähig gewordene Hass gegen Fremde, die Herabstufung Hilfe suchender Menschen zu nackten Zahlen, das Schüren nationaler Tendenzen, die bewusste Falschinformation durch Populisten, das Anbiedern der etablierten Parteien an diesen rechten Sog und der Neid gesellschaftlicher Randgruppen auf die angeblich bessergestellten Flüchtlinge, waren die eigentlichen Ursachen für diese Katastrophe. Nur unter diesen Umständen, die auf die Anfänge des Dritten Reiches verwiesen, war ein solches Verbrechen überhaupt möglich.
Schwaner, der die öffentlichen Diskussionen, die zum Teil sehr hitzig geführt wurden und mittlerweile unüberwindliche Fronten bildeten, sehr genau verfolgte, konnte beiden Seiten etwas abgewinnen. Er kannte zumindest die Beteiligten sehr genau und wusste, wer rein aus Habgier und des Geldes wegen gemordet hatte. Er wusste auch, wer aus politischer Motivation gehandelt hatte, oder dies zumindest vorgab. Dem Hauptkommissar war auch klar, dass viele der formulierten und gedruckten Gedanken einigen der Inhaftierten zu hoch waren und sie nicht einmal im Ansatz so dachten oder handelten. Dazu waren sie schlichtweg zu einfältig.
Wirklich erschütterten Schwaner nach wie vor die zahllosen Zuschriften an Dr. Clement, die ihm zu seinen „mutigen Schritten", seinem „gesellschaftlich

verantwortungsvollen Handeln“ und „beispielhaften Verhalten“ gratulierten. Er würde einst als „Initiator des Aufbruchs“ in die Geschichte eingehen.

8.24 Uhr

Martin Schwaner sieht die Schatten der Häuser von gegenüber. Pechschwarz haben sie sich auf die Wiese gelegt, wie ein Abgrund, tief und unergründlich. In den Tagen nach der Entdeckung irrte er förmlich durch die Stadt, das tonnenschwere Geheimnis in sich und blickte unverständig in die leeren Gesichter der Vorübergehenden. Wie konnten sie so unschuldig daherkommen? Hatten sie denn keine Ahnung? Waren sie nicht auch schuld an dem, was geschehen war? Sie zeigten keine Reue, noch nicht einmal Bedauern. Wie auch, sie wussten ja angeblich von nichts. Dabei schauten sie nur weg, wollten nichts sehen. Später, wenn alles an die Öffentlichkeit gekommen ist, würde das Entsetzen groß sein, dann war man schockiert. Fragte sich, wie so etwas passieren konnte. Hier, im eigenen Land. Eine leise Stimme, kaum hörbar und durch vieles übertönt, würde ihnen einflüstern, dass es doch Anzeichen gab, Hinweise, Reden, offene Drohungen, Artikel in der Presse. Nach und nach wurde die Scheu abgelegt, man sagte jetzt, was man dachte. „Wir sind das Volk! Wir sind das Volk! Wir sind das Volk!“, skandierte der Pöbel im Osten und verriet damit seine eigene Geschichte. Aber das war ja alles weit weg, da drüben, bei den Idioten, die nichts gelernt hatten. Hier ging alles munter weiter, wurde das falsche Leben weitergelebt.

Der Fall hatte Schwaner verändert. So liebte er neuerdings Bäder, das heißt Vollbäder, mit viel Schaum und angenehmem Duft. Der Schaum musste sich gebirgsartig auftürmen. Und heiß musste das Bad sein, mindestens vierzig Grad, vielleicht noch etwas darüber, dass die Füße nur zögerlich das Wasser berührten und er sie mehrfach zurückzog. Ließ sich Martin dann hineingleiten, stachen ihn tausend Nadeln, doch gleichzeitig versank er in den duftenden weißen Wolken. Der Schaum stürzte über ihm zusammen und umschloss seinen Körper, der sich, die Knie hoch aus dem Wasser ragend, sofort entspannte. Sein Kopf war ebenfalls von einer weißen Haube eingehüllt. Martin schloss die Augen, lauschte auf das Knistern, das leise Bersten der winzigen Seifenblasen an seinen Ohren. Er wunderte sich immer wieder aufs Neue, in welcher Lautstärke die kleinen Kügelchen zerplatzten.

8.26 Uhr

Schwaner blickt noch immer in die Schatten wie in eine Grube. Sie erinnern ihn an den schmalen, auf einer Wiese ausgehobenen Streifen, gerade so breit und so tief, um Urnen darin zu versenken. Kaduk war tot und es war eine Ironie des Schicksals, dass auch er namenlos beerdigt wurde. Lediglich E. K., seine Initialen, standen auf dem schwarzen, schmucklosen Gefäß. Die Predigerin, die ehrenamtlich die Armenbeisetzung leitete, sprach seinen Namen aus: Emil Kaduk. „Wir nehmen heute Abschied von Emil Kaduk, der in den letzten Tagen auf den Weg zu Gott gefunden hat. Herr, erbarme dich seiner.“ Es war offensichtlich, dass der Anstaltsgeistliche gegen das strikte Verbot, etwas über Ort und Zeitpunkt der Bestattung und auch über die wahre Identität des Toten bekannt zu geben, verstoßen hatte. Doch es war scheinbar niemand da, dem der Name etwas sagte. Schwaner und Beck standen mit etwa dreißig anderen Personen in der Trauerhalle und niemand merkte bei dem Namen „Kaduk“ auf, keine Köpfe kamen zusammen, kein Gemurmel setzte ein.
Beck und Schwaner schritten mit den anderen hinter der offenen Klappe des Leichenwagens her, in dessen riesigem Kofferraum verloren die runden Gefäße standen und sachte gegeneinanderstießen. Es schien, als wäre in ihnen tatsächlich noch Leben, und die darin Eingeäscherten würden sich aufmuntern

und anstacheln auf ihrem letzten Weg zur ewigen Ruhe.
Schwaner dachte, während er langsam und mit gefalteten Händen dahinschritt, an Kaduks Leichenwagen, diesen alten, silbernen Kleinbus, auf die Entfernung noch ganz gut in Schuss, bei näherem Hinsehen aber von schadhaften Stellen übersät, an denen der Lack abplatzte oder dicke Blasen warf. Hinter die Fenster der Ladefläche waren weiße Vorhänge aus Stoff gespannt, auf die Scheiben ein Kreuz, umrankt von Strahlen, geklebt. Selbst das Wort „Pietät" stand auf der Fahrer- und Beifahrertür zu lesen. Der Name des Instituts, dem der Wagen einmal gehörte, schimmerte noch im Lack. „Schefferling" war mehr oder minder deutlich zu entziffern, was dem seriösen Unternehmen allerhand unschöne Publicity einbrachte.
Ähnlich wie Botta die Ruinen von Ninive, der sagenhaften Stadt der Könige von Mesopotamien, entdeckte – ein Dorfbewohner führte den Archäologen auf einen Hügel, völlig außerhalb seines abgesteckten Gebietes und schon beim ersten Spatenstich stießen sie auf die Grundmauern –, so fiel Schwaner damals der Hinweis auf Kaduk in den Schoß. „Man muss die Toten dorthin bringen, wo schon Tote sind." Dieser Satz war von irgendjemandem in irgendeiner Besprechung gesagt worden und hatte sich in Martins Hirn verhakt. Niemand sieht in einem frischen Grab nach, wie viele Körper darin liegen. Niemand

blickt in einen verschlossenen Sarg, niemand zählt die Gebeine in einer Gruft. Niemand wundert sich, wenn in einem Leichenwagen Leichen liegen. Keiner stört sich an einem Leichenwagen auf einem Friedhof oder vor einem Krematorium, auch wenn die Uhrzeiten ungewöhnlich scheinen. Es war eine perfide, clevere und zugleich böse Idee, deren Umsetzung, wie sich später zeigte, noch viel ausgeklügelter war als zunächst vermutet. Zu perfide, zu clever für den einfältigen Kaduk.

„Wer hatte die Idee mit dem Leichenwagen, Sie?"

„Nein, Herr Kommissar, das war er, netwahr. Er rief mich an, er hätte die Lösung gefunden. Er holte mich ab und wir fuhren zu dem Autohändler, netwahr. Dort stand der Leichenwagen auf dem Hof. Er gab mir Geld, kam nicht mit rein. Er wusste genau, was der kostet, netwahr, und ich sollte gleich bezahlen. Später haben wir ihn noch angemeldet, am gleichen Tach."

„Auf Ihren Namen?"

„Jawohl, Herr Kommissar. Auf meinen Namen, hat er aber auch alles bezahlt, plus Zuschlag, damit es schnell geht, netwahr."

Bei seiner späteren Vernehmung gab der Autohändler an, sich an einen „reichen, gut aussehenden Besucher" auf seinem Hof am Tag vor dem Verkauf gut erinnern zu können und identifizierte Clement. Aber was bewies das schon. Es war nicht verboten, sich Autos anzusehen, auch wenn man schon drei besaß.

Auf der Wiese des Friedhofs, die nicht viel größer war als die, auf die der Hauptkommissar jetzt blickte, wurde Kaduks Urne neben denen der anderen in die Erde gesetzt. Ein schmaler Graben, eine Rinne, nicht breiter und tiefer als nötig, war ausgehoben. Die Grasnarben waren säuberlich herausgetrennt und hinter dem dunklen Streifen über Kreuz aufgeschichtet. Die herausgeschaufelte Erde, ein kleines, spitzes Häufchen, auf dunkler Folie aufgeschüttet, eine winzige Schaufel mit langem Stiel steckte darin, lag davor.

Der Leichenwagen stand links. Der Bestatter nahm jeweils eine Urne, trug sie, mit beiden Händen vor sich haltend, herüber, kniete nieder und setzte sie dicht an dicht ab. Die Laienpredigerin sagte nochmals den Namen und verlas ein Zitat aus der Bibel. Wieder sprach sie den Namen Kaduks aus, wieder ohne Reaktion. „Ich bin nackt von meiner Mutter Leib gekommen, nackt werde ich wieder dahinfahren. Der HERR hat's gegeben, der HERR hat's genommen, der Name des HERRN sei gelobt."

Die beiden Kommissare traten nacheinander vor, warfen etwas Sand in den schmalen Graben und traten wieder zurück. Es war eine Geste der Dankbarkeit dem Mann gegenüber, ohne dessen Hilfe sie nie so schnell vorangekommen wären. Schwaner sah sich wieder in der Kantine, wie er damals, fast panisch, in sein Büro rannte, seine Dienstwaffe aus der Schublade nahm, nach Beck rief und sie gemeinsam zu diesem Altenheim rasten. Unterwegs versuchte er Beck seine Eingebung zu erklären, woraufhin dieser das Blaulicht abstellte und sich in den normalen Verkehr einordnete.

„Das heißt, wir fahr'n jetzt dahin, weil du in der Kantine etwas aufgeschnappt hast, was überhaupt nichts mit unser'm Fall zu tun hat?"

„Ja, genau … aber glaub mir, das ist unser Mann."

„Glaub'n? Du weißt schon, dass wir überhaupt nichts in der Hand ham, oder? Wenn dieser Ka, Ka, Kadek …"

„Kaduk!"

„Wenn dieser Kaduk nichts sagt und uns einfach abblitz'n …"

„Er wird reden, glaub mir, ich weiß es, er wird reden."

Schwaner glaubte wirklich fest daran. Warum? Das hätte er nicht sagen können. Er wusste, dass er den Faden, mit dessen Hilfe sich der gesamte Knäuel aufdröseln ließe, in Händen hielt.

„Wie kommst du darauf?", fragte Beck fast wütend.

„Weiß nicht. Intuition? Nein, mehr als das. Ein Wink, ein Zeichen, als würde mir jemand etwas zuflüstern."

Beck starrte Schwaner an, konnte einige Sekunden nichts mehr sagen. Versteinert lenkte er den Wagen. Nach einer Weile presste er: „Zuflüstern, zuflüstern. Hoff'n wir mal, dass uns deine Eingebung auch etwas flüstert." Aber es war nicht der übliche, frotzelige Tonfall in seiner Stimme.

Beck sollte zunächst Recht behalten. Kaduk wirkte zwar ertappt, sprach aber kein Wort.

Ja, Kaduk war tot. Wie er an die Zyankalikapsel herangekommen war, ob er sie die ganze Zeit bei sich trug, ob sie ihm zugesteckt oder irgendwo deponiert worden war, das ließ sich nicht aufklären. Mit einiger Sicherheit konnte davon ausgegangen werden, dass er sie freiwillig genommen hatte. Vielleicht war sie ihm aber auch mit dem Essen untergeschoben worden. Für die anderen Angeklagten war diese Nachricht eine positive Wendung. Außer Servet U., der im Ableben des geständigen Kaduk eine Botschaft erkannte, eine Drohung gegen sein Leben, waren alle anderen Angeklagten merklich entspannter. Nun war der Schuldige gefunden, auf den alles abgewälzt werden konnte. Es wurden völlig neue Strategien in der Verteidigung entwickelt, die Fakten neu bewertet, neue Zusammenhänge konstruiert und die Zielrichtung geändert. War es zuvor um die Abwehr der durch Kaduk bezeugten Anschuldigungen gegangen, gegen die ein Wall aus Ignoranz, Schweigen und Verkehrung von Tatsachen aufgebaut worden war, ging es jetzt um flotte und geschickte Winkelzüge, Finten und Ablenkungsmanöver. Man durfte sich nicht mehr in einer Trutzburg verstecken, nun war Attacke gefordert. Die gesamte Ermittlungsarbeit der Polizei, die sich hauptsächlich auf die Aussagen von Kaduk stützte, wurde in Frage gestellt. Die Indizien, die diese

Aussagen belegten, wurden neu interpretiert und gedeutet. Es würde ein furchtbarer Prozess werden, ein schmutziger Prozess, in dem sich die bezahlten Anwälte von ihrer schlimmsten Seite zeigten.

8.28 Uhr

„Ein schmutziger Prozess …“, hallt es in Schwaners Gedanken nach. Sein Blick wendet sich von den Schatten ab, als würde ihn das Dunkel plötzlich blenden. Er schaut hinauf in den wolkenlosen Himmel. Zwischen Daumen und Zeigefinger spielt er mit dem kleinen Notizbuch und stößt es dabei immer wieder auf dem Fenstersims auf.
Staatsanwalt Körner prophezeite bei ihrem letzten Treffen ebenfalls eine harte Auseinandersetzung mit den Verteidigern. „Es wird ein dreckiger Prozess werden, stellen Sie sich darauf ein. Unsere ganze Arbeit wird in den Schmutz gezogen werden. Man wird Sie provozieren, Sie persönlich angreifen. Bleiben Sie ruhig.“
Er ist ruhig. Die wirklichen Erschütterungen in ihm liegen schon Monate zurück. Er hat sich ihnen gestellt, sie verarbeitet, bekämpft, seine Schlüsse daraus gezogen. Er wird die Polizei verlassen, so sein fester Plan. Nach der Aussage heute und vielleicht auch morgen hier vor Gericht kommen noch ein paar Tage

im Büro, dann ist Schluss. Schwaner lächelt bei dem Gedanken und seine innere Ruhe wächst.
In einer der zurückliegenden Therapiestunden ist ihm das Bild einer Kugel in der Schale von seiner Therapeutin angeboten worden. Sein jetziger Zustand gliche der Situation, dass sich die Schale in unaufhörlicher Bewegung befände und die Kugel darin am Rande des Gefäßes rotiere. Bei der nächsten Erschütterung flöge sie endgültig aus der Bahn, wohin, könne niemand im Voraus sagen. Sein Ziel müsste es sein, die Schale und damit die Kugel darin zur Ruhe zu bringen.
Schwaner fand diese Metapher damals albern und ist heute immer noch skeptisch gegenüber der psychologischen Bildersprache. Geholfen hatte es ihm trotzdem. Gerade das Bild von der Kugel in der Schale ist ihm heute ein wichtiger Seismograph für sein Seelenleben. Und wie auch immer er es schaffte – er besuchte keine Meditations- oder Yogakurse, er blieb beim Rudern –, es gelingt ihm heute mehr und mehr, die Kugel zur Ruhe zu bannen.
Damals hätte er beinahe den Verstand verloren, was kein Wunder war. Wer würde bei alldem nicht den Verstand verlieren? Er sieht wieder Frau Castels, die Leiterin der Unterkunft, am Schreibtisch. Sie hatte die Liste mit über zweihundert Namen vor sich liegen und sie gingen Name für Name durch. Es waren keine Nummern, es waren keine doppelten

Identitäten und auch keine bürokratischen Fehler. Es waren Menschen. Männer, Frauen, Jugendliche und Kinder. Sie hatte zu allen eine kurze Geschichte notiert. Aion Bejlin, über die Türkei eingereist am, hier aufgenommen am, seit dem Tag verschwunden. Milton Buki, Yad Shimoni, Zvi Tohar, die Familie Sebba, Imre Gönczi, Anna Polarczyk, Wera Kapkajew. Das Telefon klingelte. Wortlos griff Frau Castels nach dem Hörer, hielt ihn sich ein, zwei Sekunden ans Ohr, drückte das Gespräch, ohne einen Ton gesagt zu haben, wieder weg. Kurz darauf klingelte es erneut. Wieder nahm Frau Castels ab, hörte kurz zu, reichte dann Schwaner das Gerät über den Tisch. „… Judenfotze, Kanakenschlampe, Negerhure, dich müsste man bei lebendigem …" Schwaner legte auf.

„Sie können den Apparat gerne eine Weile behalten, es wird gleich wieder klingeln. Ich hoffe, dass wir bis zum Nachmittag die neue Rufnummer haben, dann ist erst einmal wieder Ruhe." Tatsächlich klingelte es wieder. Schwaner nahm ab und hörte einen Moment zu. Dann antwortete er. „Hier ist die Kriminalpolizei, Hauptkommissar Martin Schwaner. Ihr Anschluss wurde identifiziert und ein Wagen ist zu Ihnen unterwegs. Die Gespräche wurden aufgezeichnet und werden als Beweismittel gegen Sie verwendet werden." Die Verbindung wurde beendet, dieses Mal von der anderen Seite. „Das wird vielleicht bis zum Nachmittag halten?" Frau Castels winkte ab. „In ein paar Wochen haben sie die Nummer wieder, wie auch immer sie da rankommen, und dann beginnt das Spiel von vorne."

Er bewunderte die Leiterin der Unterkunft für ihre Ruhe und unbeugsame Kraft. Nichts konnte sie aus der Bahn werfen. Ohne im Geringsten nervös oder ängstlich zu sein, wandte sie sich wieder der Liste zu.

„Und Sie sind sich sicher, dass diese Personen nicht unter falschen Namen irgendwo anders leben oder einfach wieder ausgereist sind?", fragte der Hauptkommissar verzweifelt.

„Diese Leute hier", Frau Castels tippte auf die Liste, „haben sich bei uns angemeldet, sind also zumindest in Teilen den formalen Weg gegangen, der damals kompliziert genug war." Frau Castels nahm ihre Brille ab. „Sicher ging einiges am Anfang drunter und drüber. Sie haben anscheinend das Bild eines halb kriminellen Einwanderers vor sich, wie es von Presse und Parteien gezeichnet wurde. Jemand, der sich bei uns einschleicht, seinen Namen und seine Identität fälscht." Sie hob den Kopf und drückte ihren Rücken durch. „In Wirklichkeit ist es aber ganz anders. Mehr als neunzig Prozent, mehr als fünfundneunzig Prozent, würde ich sagen, möchten ja hierbleiben und einen offiziellen Antrag stellen. Wir hatten nur nicht die Kapazitäten, diesem Ansturm gerecht zu werden."

Wieder klingelte das Telefon. Mechanisch griff die Leiterin nach dem Hörer. Wieder war es ein anonymer Anruf. Entgegen Schwaners Annahme schien seine

Drohung keinen großen Eindruck hinterlassen zu haben.
„Faschistisches Arschloch!“, rief Frau Castels in den Hörer und drückte das Gespräch weg.

Schwaner kannte Clement zum damaligen Zeitpunkt noch nicht, wusste überhaupt nichts von dessen Existenz. Heute erinnert er sich an ihn und wie er von seinem Vater, dem Faschisten, sprach: „Mein Vater ließ in unserem Garten eine Eiche stehen, ein schöner Baum. Als Kind bin ich oft darauf herumgeklettert, fast jeden Tag. Ich kannte jeden Ast, jeden Zweig, jede Stufe nach oben war mir vertraut. Ich weiß es noch genau, an einem Abend kamen mehrere Herren zu uns nach Hause. Mein Vater hatte sie eingeladen und war sehr nervös. Meine Mutter kochte selbst, was sie sonst nie tat. Den Hausangestellten war freigegeben worden. Ich durfte mitessen. Vor dem Essen stand mein Vater mit den Herren auf der Terrasse zu unserem Garten und zeigte auf den Baum. Dabei sagte er: ‚Das ist meine Goetheeiche‘ und lachte. Die Herren lachten alle laut mit. Ich fing an zu weinen, ich verstand das nicht, es war doch mein Baum und er hatte auch nicht diesen Namen. Mein Vater nahm mich auf den Arm und tröstete mich: ‚Natürlich ist es dein Baum. Es ist deine Goetheeiche.‘ Da lachten alle nur noch mehr. Einer der Herren fragte, ob ich auch einen Carachoweg habe, was alle nochmals erheiterte.

Den „Midas“ nannten sie damals meinen Vater. Alles, was er anfasste, wurde zu Gold. Nur war das nicht so. Erst später begriff ich, woher das Gold kam und wie es durch meinen Vater reingewaschen wurde. Das hatte alles dieser Historiker herausgefunden.
In diesen Momenten war Clement tatsächlich verzweifelt, wirkte wie ein Betrogener, obwohl er seinen Vater kaum wirklich gekannt haben konnte. Schwaner kam eine andere Szene in den Sinn, vielleicht war es auch im Zusammenhang mit diesem Gespräch gewesen, jedenfalls waren sie auf die Konzentrationslager im Dritten Reich zu sprechen gekommen. „Die haben aus der Haut ihrer Opfer Lampenschirme hergestellt und auch Schrumpfköpfe verkauft. Das tun doch nur Perverse.“
„Aber Sie wissen schon, dass den Toten, die aus Ihrer Praxis kamen, die Goldzähne aus dem Mund gebrochen wurden.“ Schwaners Satz traf Clement wie ein Peitschenhieb. Er war einen Moment völlig überrascht und rang um Fassung. Seine Gesichtsfarbe wechselte von weiß zu rot. Schwaner legte nach.
„Kaduk sagte uns, dass Servet U. jedes Mal unten auf ihn wartete und nochmals die Leichen durchsuchte. Er hätte sogar in den Geschlechtsöffnungen der Frauen nach versteckten ...“
„Hören Sie auf. Ich möchte so etwas nicht hören. Das ist widerlich. Ich muss mir das nicht anhören.“ Clement war aufgesprungen, sein Stuhl laut scheppernd nach

hinten gekippt. Mit beiden Händen hielt er sich die Ohren zu. „Von so etwas weiß ich nichts. So etwas hätte ich nicht geduldet. Wie können Sie so etwas sagen!“ Clement war einige Schritte vom Tisch getorkelt.
„Ich kann Ihnen Bilder der Leichen im Wald zeigen“, antwortete Schwaner ruhig und griff nach seiner Mappe. Das blanke Entsetzen stand Clement im Gesicht, er wandte sich ab, drehte sich zur Wand und blieb minutenlang dort stehen.

„Herr Schwaner?“ Frau Castels setzte in der für sie typischen Art ihre Brille auf. „Wollen wir weitermachen?“
Schwaner antwortete nicht, was die Leiterin dazu bewog, ihn noch strenger zu fixieren. Mehr zu sich selbst stellte er die Frage: „Aber wie?“
„Aber wie was?“, echote es zurück.
„Wie sind diese Personen von hier weggekommen? Was hat sie dazu getrieben? Irgendjemand muss sie doch angesprochen, kontaktiert haben? Was haben sie sich davon versprochen?“
„Was sie sich versprochen haben? Das kann ich Ihnen sagen. Schauen Sie sich doch einmal hier um. Wir tun hier zwar unser Bestes, aber würden Sie hier leben wollen?“ Frau Castels nahm die Brille wieder ab und lehnte sich zurück. „Und ich spreche dabei jetzt nicht von der Qualität der Zimmer und der Verpflegung. Wir bringen diese Menschen wahllos irgendwo unter, auf

engstem Raum, ohne auch nur im Ansatz auf deren Sitten, Stände, Herkunft, Geschlecht, Religionen oder sonstiges zu achten. Wir selbst würden uns so etwas nie gefallen lassen."

„Aber Sie geben ihnen Hoffnung." Schwaner wollte der Leiterin etwas Aufmunterndes sagen. „Ich bewundere, was Sie hier tun."

Frau Castels winkte heftig ab. „Hoffnung ist wie ein Feuer aus trocknem Laub, sagte mir mal jemand. Es verbrennt schnell und im nächsten Moment ist nichts mehr davon zu sehen. Wir müssen den Menschen, die hier ankommen, schon etwas mehr bieten – und das tun wir nicht. Deshalb greifen sie nach jedem Strohhalm, jeder Chance, um hier rauszukommen."

Frau Castels steckte einen Brillenbügel in den Mund und schaute Schwaner nachdenklich an. „Mir fällt da gerade etwas ein. Vielleicht ist es auch bedeutungslos. Aber Frau Kurdi deutete letztens so etwas an ..."

„Wer ist Frau Kurdi und wo finde ich sie?"

„Hier den Gang runter, rechte Seite, Zimmer 042. Sie wohnt dort mit ihrer Familie. Vielleicht sollte ich mitkommen?"

Schwaner bedankte sich und gab Beck, der die ganze Zeit schweigend auf einem Stuhl gesessen hatte, einen Wink.

Zum vierten oder fünften Mal in den letzten zwei Wochen saß Servet U. in diesem überhitzten Raum. Zum hundertsten Mal streckte er dem Jungen seine Hand entgegen, damit dieser, in einer überschwänglichen Bewegung, in der sich sein gesamter Körper einmal um sich selbst drehte, darin einschlug. Laut rief der Junge „Give me five!“, wieder und wieder, schier unaufhörlich.

Servet U. ließ es über sich ergehen. Er lächelte dabei ein aufgesetztes Lächeln, kniff und boxte den Jungen und schaute zu dem Vater hinüber, der wie er auf der Bettkante saß. Die Mutter, Rehan Kurdi, servierte jedem der beiden Männer eine Tasse Tee und zog den Jungen mit sich fort zum Fenster, wo sie sich mit ihm auf einen Stuhl, dem einzigen Stuhl im Zimmer, setzte. Der Junge quengelte, wand sich in den Armen der Mutter und wollte sein Spiel mit dem Mann fortsetzen, der ihm eben dieses herrliche Spielzeugauto geschenkt hatte. Die Mutter erlaubte ihm, leise damit zu spielen.

Servet U. sagte kein Wort. Es war alles gesagt. Zweitausendfünfhundert Euro für jedes Kind, fünftausend Euro für einen Erwachsenen. Ein Freundschaftspreis. Normalerweise würde es das Doppelte kosten. Sie würden sofort hier heraus kommen und in eine Klinik, eine Kurklinik, ein Sanatorium, verlegt werden. Servet U. könnte ihnen das notwendige Attest durch einen Arzt verschaffen. Nur möchte dieser Arzt zuvor das Geld haben.

Servet U. hatte sich die Kurdis ganz bewusst ausgesucht. Sie waren in ihrer Heimat gut situiert und anerkannt gewesen. Jetzt saßen sie hier zwischen Bauern, Analphabeten und chauvinistischen Nationalisten. Servet U. glaubte, bei ihnen leichtes Spiel zu haben. Sie hatten bestimmt irgendwo Geld, entweder hier versteckt oder sie konnten über Freunde welches beschaffen. Und sie wollten bestimmt so schnell wie möglich aus dieser Unterkunft heraus, aus diesem Zimmer, in das sie zu viert eingesperrt waren.

Servet U. rührte die Zuckerstücke in den Tee. „Hast du über meinen Vorschlag nachgedacht, Abdulah?", fragte er den Vater, der gebeugt auf dem Bett saß. Abdulah Kurdi hatte an nichts anderes gedacht. Er war dafür, nur hatten sie, oder vielmehr er, kein Geld mehr. Geld war nur über die Familie seiner Frau zu bekommen. Doch seine Frau misstraute Servet U. Sie sagte, er sei ein schlechter Mensch, das würde sie spüren. Abdulah sagte, er habe schon vielen geholfen, er hätte sich umgehört. Rehan sagte, er habe nur denen geholfen, die Geld haben, das sei keine Hilfe. Sie hatten sich gestritten und es war noch zu keiner Einigung zwischen ihnen gekommen. Rehan glaubte, dass sie bald eine Wohnung bekämen. Sie hatte mit der Leiterin gesprochen. Rehan glaubte an den Weg, der ihnen von den Behörden vorgezeichnet wurde. Erst sollten sie einige Wochen hier bleiben, dann bekämen sie eine eigene, kleine Wohnung, danach würde man sehen. Sie könnten dann gehen, wohin sie mochten.

Abdulah glaubte nicht daran. Er glaubte keinen Behörden mehr, nicht nach dem, was er alles erlebt hatte. Und wenn doch, dann würde es sicherlich viel länger dauern, als Rehan es sagte. Sie würden vielleicht noch Monate hier warten müssen. Doch er hatte kein Geld.

„Wir sind uns noch nicht einig, meine Frau und ich", antwortete Abdulah zögerlich.

„Was gibt es da noch zu überlegen? Wollt ihr ewig in diesem Loch sitzen, ohne eigene Möbel, ohne eigene Zimmer, ohne Spielzeug für die Kinder?" Servet U. deutete auf den selbstgebastelten Kaufmannsladen, hinter dem Tiam saß und aufmerksam zuhörte.

„Aber zweitausendfünfhundert Euro? Wir haben kein Geld", offenbarte sich Abdulah, setzte aber ein „Im Moment nicht" dahinter, um diese Hoffnung, seine Hoffnung, auf ein baldiges Entkommen aus dieser Unterkunft nicht gänzlich zu begraben.

Der Junge, Aylan, hatte sich Stückchen für Stückchen von der Mutter weg zu Servet U. hin bewegt. Jetzt sprang er auf, rief laut „Give me five" und schlug hart in die Hand Servets ein, die ihm dieser automatisch hinhielt. Vielleicht war es das nervtötende Geschrei des Jungen, vielleicht der Schmerz in der Hand, denn der Junge hielt das Auto in seiner Faust und schlug damit ein. Vielleicht war es die brennende Ungeduld auf die fünfzehntausend Euro, vielleicht auch das Zusammentreffen all dieser Umstände. Servet U. stieß laut fluchend den Jungen zur Seite, dass dieser

in den Kaufmannsladen der Tochter flog. Die fein geordneten Papierschnipsel stoben auseinander, die wenigen Münzen rollten über den Boden, die Blechdose schepperte, der Junge gellte auf, Tiam saß erschrocken hinter dem zerbeulten Karton und fing leise an zu weinen. Mit schmerzverzerrtem Gesicht schrie Servet den Vater an, ob sie nun hier bleiben wollten oder nicht? Er hätte Besseres zu tun, als hier seine Zeit zu vergeuden!
Es waren nicht so sehr die Worte und der plötzliche Zorn, der die Kurdis erschreckte. Es war diese abstoßende Physiognomie von Servet U., die ihnen einen tiefen Stich versetzte. Abdulah war in Syrien verhaftet worden und hatte Monate im Gefängnis verbracht. Er kannte solche kalten Augen voller Abscheu und Brutalität. Er hatte oft in solche Augen sehen müssen, jedes Mal, wenn sie ihn abgeholt und gefoltert hatten.
„Verlass bitte mein Haus", sagte Abdulah, der ebenfalls aufgesprungen und zu seinen Kindern geeilt war. Tatsächlich sagte er „mein Haus" und wies auf die schmale Tür, die aus dem schäbigen Zimmer führte. Servet U. versuchte eine Geste der Entschuldigung, die ihm schon im Ansatz misslang und ein weiteres Eingeständnis seines wahren Charakters war. Die Maske war gefallen und zerbrochen, Nichts würde sie mehr reparieren können. „Komm nicht wieder", sagte Abdulah in Servets Rücken hinein, was dieser, nun wieder gefasst und sicher, mit: „Überleg es dir noch

einmal, verstehst du, überleg dir alles sehr genau", beantwortete.

8.32 Uhr

„Servet U.", denkt Schwaner. „Er ist der Schlimmste von allen." Und genau in diesem Moment erscheint jenseits des Zaunes ein Mann, bleibt stehen, zündet sich eine Zigarette an. Er inhaliert den Rauch nicht, er verschlingt ihn. Er nimmt die Zigarette nicht vom Mund, und während aus seiner Nase ein dünner Nebel entweicht, zieht er schon wieder gierig, mit spitzen Lippen, an seiner Hand. Ja, genauso rauchte Servet U. auch, ein Kettenraucher, ein Abhängiger. Er wurde bei den Verhören nervös, wenn er eine Viertelstunde nicht rauchen konnte. Sie mussten immer wieder unterbrechen, obwohl er sowieso nichts sagte.
Servet U. saß mit seinem unnachgiebigen Hass da und schwieg. „Kann ich rauchen?" war der einzige Satz, der aus seinem Munde kam, beständig und regelmäßig, wie ein Kratzer auf einer Schallplatte. Immer wieder hatten sie ihn mit den Aussagen von Kaduk und den Kurdis konfrontiert. Doch Servet U. starrte nur finster vor sich hin und schwieg. „Kann ich rauchen?" Schwaner schlägt sein Notizbuch auf und sucht die Zeilen über Servet U. darin. Auch über ihn hatte er das Wichtigste in Stichpunkten festgehalten,

die sich wie Pinselstriche zu einem Gesamtbild ergänzen.
Servet U. war der bösartigste und hinterhältigste der Angeklagten. War es bei Clement eine völlig verschrobene Weltsicht, gepaart mit einem narzisstischen Egoismus, mit dem er seine Taten indirekt rechtfertigte, bei Kaduk eine fast hörige Abhängigkeit im Zusammenspiel mit bodenloser Dummheit, bei Sander und Prüfer politische Überzeugung, so resultierte Servet U.'s Verhalten aus einer diabolischen Skrupellosigkeit, verbunden mit einer krankhaften Gier nach Geld. Clement konnte von Anfang an als wohlhabend, sogar reich bezeichnet werden. Er strebte vordergründig nach einem noch größeren Reichtum, weil er sich davon eine fast göttliche Unabhängigkeit versprach. In Wirklichkeit sammelte er Souvenirs aus dem Leben anderer. Kaduk hatte keine wirkliche Beziehung zu Geld. Er nahm es, wie es kam, gab alles sogleich aus und lebte einsiedlerisch, bis er wieder welches hatte. Er wäre Clement auch ohne Lohn dienlich gewesen, da war sich Schwaner sicher. Lediglich die Prostituierten fehlten ihm, zu ihnen fühlte er sich fast krankhaft hingezogen, das konnte auch sein späterer Glaube nicht verdrängen.
Servet U. dagegen war ein Bluthund. Seine einzige Freude, sein ausschließlicher Lebensinhalt, seine Nahrung, die immer gespannte Triebfeder seines Handelns, das Ziel seiner Gedanken war Geld. Er

würde auch dann noch dem Geld hinterherjagen, wenn er schon längst mehr als genug davon hätte. Niemals würde er satt werden. Kein Gewinn, keine noch so große Summe brachte ihm Erleichterung, im Gegenteil, es stachelte ihn nur noch mehr an. Für Clement hatte Geld längst jeglichen Reiz verloren, er machte sich nur noch vor, dass es der Motor seiner Handlungen war. Für Servet U. hingegen war es eine Droge und er war süchtig danach. Laut Kaduks Aussage bedrängte er Clement, mehr „Patienten" aufzunehmen. Er sei sogar zweimal in die Türkei gereist, um dort Verbindungen zu Schleusern aufzubauen, damit diese ihm die Flüchtlinge direkt zuführten. Er habe sich auch nach Immobilien umgesehen, um seine eigene „Praxis" zu eröffnen. Schwaner schwindelte es bei der Vorstellung, Servet U. hätte diese Maschinerie, seine eigene Maschinerie, in Gang gebracht. Die Anzahl der Opfer wäre sicherlich um ein Vielfaches höher. Warum er seinen Plan nicht umsetzte, darüber schwieg sich Servet U. aus. Vielleicht war da ein letzter Funken Menschlichkeit bei den sonst skrupellosen Schleuserbanden gewesen? Womöglich ahnten sie oder wussten gar, in welches Schicksal sie ihre Kundschaft schicken würden?
Gierig und hungrig nach immer mehr Geld, beschwor Servet U. die Erwachsenen, ihm zu vertrauen und hielt dabei die Kinder auf dem Schoß. Lächelnd geleitete er sie zur „Praxis", öffnete Türen, spielte

auch hier noch mit den Kleinen. Er war behilflich, die Koffer zu tragen, die Clement für sich beanspruchte. Er übersetzte, als sie sich hinlegen mussten. Jetzt käme die Untersuchung. Sie würden eine Injektion erhalten, eine harmlose Spritze, die ihr Blutbild veränderte, so, als seien sie an einer schweren Hepatitis erkrankt. Keine Sorge, sie würden etwas müde werden, einschlafen. Der Arzt würde ihnen derzeit Blut abnehmen und die Krankenakte anlegen. Wenn sie wieder aufwachten, wäre alles vorüber. Sie würden eine Überweisung in eine Klinik erhalten, ein Krankenwagen würde sie dorthin bringen. Im Wartezimmer lagen Prospekte nobelster Adressen aus.

Später, unten in der Garage, suchte er die Toten ab, raubte ihnen die letzte Habe und schändete ihre Körper. Oben im Büro ließ er sich seinen Lohn, seine Silberlinge, auszahlen. Er wusste, wie viel er Clement abpressen konnte und ließ sich nicht mit einem Butterbrot abspeisen. Ständig erhöhte er seinen Preis.

Hurtig trug er alles in sein Versteck, denn er traute niemandem, schon gar keiner Bank. Etwas von dem Geld auszugeben wäre ihm nicht in den Sinn gekommen, es war ihm schlichtweg unmöglich. Fiebrig, manchmal wie von Sinnen, zählte er Schein auf Schein, Bündel auf Bündel. Anschließend häufte er alles auf. Ähnlich einem Trunkenen nach durchzechter Nacht folgte bald schon das herbe, müde Erwachen. Ohne jegliche Befriedigung saß er vor den Stapeln der Geldnoten und sah nur, wie viel Platz noch daneben, wie viel Luft noch darüber war. Grimmig, zornig, wütend packte er das Geld und warf es in den Koffer. Abscheu und Hass auf die ganze Welt, die ihn fortlaufend betrog, brodelten in ihm, während er den Koffer wieder versteckte. Ein bitterer Geschmack breitete sich in seinem Mund aus und ekelte ihn. Dumpf sann er auf Rache, auf Genugtuung für die Schmach, die ihm soeben zugefügt worden war. Sie mussten dafür bezahlen, sie alle mussten dafür bezahlen. Mürrisch schloss er die Tür hinter sich ab und stapfte davon. Wer ihn sah, glaubte, ihm sei ein großes Unglück widerfahren, und ahnte nicht, dass er eben noch Hunderttausende in seinen Händen gehalten hatte. Fußgänger wichen ihm aus. Im Bus und in der U-Bahn starrte, brütete er vor sich hin. Erst als er wieder die Unterkunft betrat, wechselte sein Gesichtsausdruck, wechselte sein Gang. Wer ihn jetzt sah, glaubte einen freundlichen, hilfsbereiten und kenntnisreichen Helfer für all diejenigen zu sehen, die hier und in anderen Unterkünften nach Wochen der Flucht gestrandet waren. Jetzt strahlte sein Wesen Tatendrang und Zuversicht aus. Zielstrebig eilte er durch die Korridore den Zimmern entgegen, die er auf der Fahrt hierher im Geiste bereits aufgesucht hatte. Er sprach vorbereitete Sätze, tat bereits getane Dinge, streute falsche Komplimente, impfte in welke Seelen blühende Wünsche mit Worten, die er sich zuvor zurechtgelegt hatte und lachte ein falsches

Lachen. Auch die Familie Kurdi stand auf seiner inneren Liste.
Vielleicht war Servet U. eine gespaltene Persönlichkeit, obwohl das psychologische Gutachten nichts dergleichen erwähnte und ihm volle Schuldfähigkeit attestierte. Sein stets misstrauischer Geist horchte unaufhörlich in sich hinein, beobachtete jede Handlung, jede Geste, wog jedes Wort vorsichtig ab, als gäbe es tatsächlich eine andere Person in ihm, die wie ein Kind geleitet, erzogen und gelegentlich auch bestraft werden musste. Oft war sein intensives Krafttraining die Marter für ein falsches Verhalten, ein falsches Wort, ein unvorsichtiges Versprechen, das sich der andere, der weiche, der dumme, der nachgiebige Servet erlaubt hatte.
Der wahre Servet, Servet U., fühlte sich allen anderen überlegen. Er war gewitzt, schlau, voraussehend, flink, hemmungslos. Es war gleichgültig, dass er nur eine einfache Schulausbildung durchlaufen und einen schlichten Beruf erlernt hatte, in dem er niemals eine Beförderung erfuhr. Er stellte dies später als das Stigma eines Migranten dar, dem die Gesellschaft, das Schulsystem und die Unternehmen von Anfang an eine erfolgreiche Zukunft verbauten. Noch später führte er zur weiteren Entschuldigung die Behauptung an, dass seine traditionsbewussten Eltern seine Integration zusätzlich erschwert hätten.
Über einen deutsch-türkischen Sozialverein begann seine eigentliche Karriere. Er holte Jugendliche von

der Straße und betreute sie in einem Boxclub. Er begleitete sie und ihre Eltern zu Ämtern und Wohnungsgesellschaften. Er übersetzte und schrieb Briefe, stellte Formulare aus, war stets ansprechbar und hilfsbereit. Er ergatterte die Leitung der Geschäftsstelle des Vereins und wurde gleichzeitig deren Vorsitzender. Er hatte einen völlig neuen Status in seinem Leben erreicht. Er war plötzlich jemand. Jetzt wollte er noch mehr. Er gebärdete sich als Integrationsbeauftragter für alle Migranten, ohne dass er jemals dazu berufen worden wäre. Er wusste sich als die Schaltstelle zwischen Gruppen jeglicher Herkunft und der Kommunalpolitik darzustellen. Er warb für Verständigung, Toleranz und das Recht zur freien Entfaltung der Zuwanderer, insbesondere in wirtschaftlichen Bereichen. Er erhielt erste Aufträge und Projekte von der Stadt und gründete neben dem Verein eine Beratungsgesellschaft.

Unter diesem Deckmantel begann früh die zweite Karriere des Servet U. Die Kids von der Straße wurden zu Kurieren und Dealern von ihm ausgebildet. Von Heroin und Kokain ließ er die Finger, bei Marihuana und Haschisch war er gut im Geschäft. Eine Schlägertruppe trieb Schutzgelder ein und wer ein Gewerbe gründen wollte, musste sich bei Servet U. eine Erlaubnis erkaufen. Diesen dunklen Bereich seiner Tätigkeiten übte er natürlich nur in der Parallelgesellschaft der Migranten aus, ohne dass es den deutschen Behörden jemals bekannt wurde.

Leider tauchten im Laufe der Jahre einige Mitbewerber auf, die ihm sein geheimes Business streitig machten, seine Dealer verprügelten, Schutzgelder gegen ihn erhoben und sich einen Dreck um seine Erlaubnis scherten. Bevor dies alles eskalierte und seine Verstrickungen publik geworden wären, zog er sich zurück und sann auf neue Tätigkeitsfelder. Die Flüchtlingskrise kam wie ein Segen, ein warmer Goldregen über ihn. Plötzlich war er gefragt wie nie. Die Behörden zahlten ihm und auch seinem Verein jedes Honorar, das er verlangte, um ihnen bei der Bewältigung der Menschenströme zu helfen. Er ging in den Unterkünften ein und aus, hatte Zugang zu allen Einwohnern. Dr. Clement lernte er rein zufällig kennen, zumindest glaubte er das.

Sie waren sich auf einer der zahlreichen Veranstaltungen begegnet, bei denen es um die Aufnahme und Integration der vielen Flüchtlinge ging. Servet U. saß mit auf dem Podium. Er wurde oft eingeladen, da die Veranstalter glaubten, den Sprecher all derjenigen, um die es eigentlich ging, mit am Tisch zu haben. Doch Servet U. wurde zwar von der deutschen Seite akzeptiert und als Mittler angesehen, aber keineswegs von den Flüchtlingen selbst, die längst ihre eigenen Strukturen gebildet hatten und besser informiert waren, als manch einer glaubte. Servet U. sonnte sich jedoch in dem neuen Glanz und gab sich alle Mühe, seiner Rolle gerecht zu werden. Im Grunde wurde aber über die Köpfe der Flüchtlinge hinweg

entschieden, ohne dass jemals wirklich jemand von ihnen gefragt wurde.
Nach der wie immer hitzigen Diskussion, in der Ängste und Hilfsbereitschaft gegeneinanderprallten, trat Dr. Clement an Servet U. heran, stellte sich vor, deutete eine Idee an, wie er den Flüchtlingen vielleicht helfen könnte und sie verabredeten sich zwei Tage später zu einem Treffen in Servets Büro.
Bei diesem Treffen zeigte sich Dr. Clement außerordentlich gut unterrichtet über die anderen, dunklen Geschäfte Servets. Wahrscheinlich kamen die Informationen von einem seiner siebenbürgischen Ladenbetreiber. Dr. Clement verurteilte diese Geschäfte nicht, im Gegenteil, er nannte sie „verständlich" und „nachvollziehbar". „Was bekommen Sie für Ihre Tätigkeit hier in diesem Verein?" Er wartete keine Antwort ab. Das Schulterzucken Servets genügte. „Sehen Sie. Daher ist es doch verständlich und nachvollziehbar, dass Sie sich noch nach anderen Einkommensquellen umsehen müssen. Ich verstehe das, glauben Sie mir." Dr. Clement unterschätzte allerdings zu diesem Zeitpunkt Servets Gier nach Geld. Er entwarf in dessen Beisein in groben Zügen und ganz unverfänglich eine Idee. Man könne die Flüchtlinge ja auf Grund einer vorgetäuschten, schweren Erkrankung in eine Klinik überweisen lassen. „Was genau für eine Krankheit, lassen wir mal dahingestellt. Es geht mir mehr um die Theorie, verstehen Sie.

Wie viel Geld würden die Menschen für ein solches Attest zahlen?"

„Viel, wenn es ihnen ein dauerhaftes Bleiberecht sichert …", der Funke war auf Servet U. übergesprungen, „… und sie zudem in eine fast luxuriöse Unterkunft ziehen könnten."

Beide schwiegen eine Weile und dachten nach. Servet U. überschlug, wie viele der Hunderttausende für ein solches Angebot zu gewinnen wären. „Und wenn es nur ein Prozent ist, sind es mehrere tausend Flüchtlinge. Und jeder würde Tausende dafür bezahlen." Die Vorstellung machte ihn ganz trunken. Dr. Clement beobachtete ihn aus den Augenwinkeln. Es trat ein Schatten in Servets bis dahin zufriedenen Gesichtsausdruck.

„Aber es würde doch früher oder später auffallen, dass die Leute gar nicht krank sind, oder?"

„Das ist wohl wahr – und das ist auch gleich das Problem an dieser Idee." Dr. Clement legte die Hände mit den Fingerspitzen zusammen und führte die Zeigefinger zu seinem Kinn, als dächte er angestrengt über eine Lösung für dieses Problem nach. In Wahrheit wartete er nur darauf, dass ihm Servet U. die Lösung, die einzige Lösung für dieses Problem, präsentieren würde. Es dauerte länger, als er vermutet hatte.

„Es sei denn …", setzte Servet U. an, „… es sei denn, die Menschen kämen nie in der Klinik an." Dr. Clements Kopf zuckte vor Begeisterung empor.

8.34 Uhr

Schwaner schaut schon länger über den Rand des Notizbuches hinweg nach unten, als stünde dort tatsächlich Servet U. am Zaun. Der Mann tritt die Zigarette aus und geht weiter. Vielleicht war es sogar ein Kollege in Zivil, denkt Schwaner. Es klopft und hinter ihm wird die Tür aufgestoßen. Es ist Bauer, der nicht eintritt, sondern nur verstohlen ein Stück seines Oberkörpers hereinzwängt, als seien dies die Privatgemächer des Hauptkommissars.

„Es geht bald los, die Reihen füllen sich. Die Angeklagten sind auch schon im Haus. Ich denke, so eine Viertelstunde noch. Fehlt Ihnen etwas? Kann ich Ihnen noch etwas bringen? Einen Kaffee? Etwas anderes?“

Schwaner lehnt dankend ab.

„Sagen Sie, wer hat alles Zutritt zu diesem Stockwerk?“, fragt Schwaner vom Fenster aus.

„Zutritt? Hier, zum Stockwerk?“ Bauer überlegt einen kurzen Augenblick. „Warum wollen Sie das wissen?“

Schwaner zeigt auf die Scheibe und lässt seinen Zeigefinger die Zeilen entlang wandern. Bauer tritt jetzt ganz herein, presst die Augen zusammen, öffnet sie wieder, geht leicht in die Hocke, dann ein Stück zur Seite. Dabei formen seine Lippen die Wörter nach, die er erkennt.

„Ach du Scheiße! Wie kommt denn das dahin? Also das war gestern noch nicht da, wobei, kann schon

sein, ich hab gestern hier gar nicht reingeschaut. Auch vorgestern nicht. Ist schon ein paar Tage her. Wurde ja bisher nicht gebraucht, dieses Zimmer. Sie sind ja der Erste …“
„Schauen Sie mal unter den Tisch“, unterbricht ihn Schwaner.
Bauer geht in die Knie und beugt sich ungelenk unter die Tischplatte.

„Das gibt’s doch nich‘. Das ist ja eine Riesensauerei. Wer hat das denn …“, ist er dumpf zu hören, dann kommt er wieder hervor und steht auf. „Ich werde gleich den Kollegen vom Sicherheitsdienst Bescheid geben.“ Er klopft sich die Hose über den Knien ab. „Das ist ja unglaublich. Das ist ja kein Scherz. Das sind Drohungen. Das könnte ja auf Anschläge hindeuten. Vielleicht sollten wir die Kollegen mit den Hunden rufen? Womöglich ist hier oben irgendwo etwas versteckt? Möchten Sie in einen anderen Raum? Möchten Sie drüben bei uns warten?“
Schwaner beruhigt ihn. Er fühle sich hier sicher. So sicher, wie im Raum gegenüber oder auch nicht – eine Anspielung, die Bauer nicht versteht. Es sei ja nur eine Zeichnung und kein echter Sprengsatz.
„Ja aber, ja aber …“, möchte ihm Bauer entgegnen und rudert hilflos mit den Armen.
„Rufen Sie Ihre Kollegen von der Sicherheit und versuchen Sie herauszufinden, wer zu diesem Raum Zugang hatte und wann.“ Schwaner dreht sich wieder

um und schaut hinaus. „Mir wird schon nichts passieren.“

Damals passierte alles auf einmal. Es war, als wären alle Schicksalslinien übereinandergeworfen und zu einem Strang gebündelt worden. Als Erstes rief Frau Castels ihn an und berichtete, dass Frau Kurdi bei ihr sitze und völlig verzweifelt wäre. Ihr Mann und die Kinder seien verschwunden. Hatte sie beim Besuch des Hauptkommissars noch geschwiegen, offenbarte sie jetzt alles: Die seit Wochen andauernden Besuche von Servet U., ihr Misstrauen, der Streit vor einigen Tagen und jetzt das Verschwinden ihres Mannes mit den Kindern, der immer für diesen Weg gewesen wäre. Sie war kaum zu beruhigen.
Schwaners Gedanken überschlugen sich. Wie konnte er helfen, was konnte er tun. Sie hatten zwar vorgestern Kaduk verhaftet, aber der schwieg bislang beharrlich. Es war wahrscheinlich wirklich eine Schnapsidee gewesen, dass ausgerechnet Kaduk ihr Mann wäre, der Schlüssel zu ihrem Fall. In Wirklichkeit hatte er nichts damit zu tun, zumindest nicht mit den Leichen im Stadtwald, mit den verstorbenen Patienten vielleicht. Er konnte nur alles auf eine Karte setzen.
Er fragte Frau Castels noch, was sie über Servet U. wisse, wo man diesen finden könne. Anschließend ließ er Kaduk aus der Arrestzelle, in der er seit zwei

Tagen saß, nach oben bringen. Eine Streife wurde zu Servets Büro geschickt.
Es dauerte schier endlos, bis Kaduk ins Vernehmungszimmer gebracht wurde. Er schaute die Polizisten nicht an, nahm schwerfällig auf dem Stuhl Platz, rutschte ein-, zweimal hin und her, als würde sich dadurch der harte Sitz anpassen. Schwaner sagte nichts, minutenlang herrschte Stille. Kaduk wurde nervös. Seine niedergeschlagenen Augen schnellten immer öfter empor, er rieb sich die Hände. Ohne ein Wort zu sagen, entnahm Schwaner einer Mappe ein Bündel Fotografien und breitete sie auf dem Tisch aus. Es waren die Aufnahmen der Gräber im Wald. Bei jedem neuen Bild zuckte Kaduk wie von einem unsichtbaren Schlag getroffen zusammen. Mehr und mehr versuchte er sich abzuwenden, den Kopf zur Seite zu drehen und musste doch immer wieder hinsehen.
Seit seiner Verhaftung hatten sie ihn nur nach dem Leichenwagen, der noch immer verschwunden war, befragt. Sie hatten keinen konkreten Verdacht geäußert, was er mit diesem Wagen transportiert haben könnte. Nur einmal sprachen sie die mysteriösen Todesfälle an seinem Arbeitsplatz an. Jetzt präsentierten sie Kaduk etwas völlig anderes. Damit hatte er nicht gerechnet. Er hatte nichts davon gehört, dass die Gräber entdeckt waren. In seiner Einfalt hatte er sie schon fast vergessen. Es lag ja schon so lange

zurück. Der kleine, abgewetzte Turnschuh versetzte ihm einen besonderen Stich. Der Junge, der kleine Junge mit dem hübschen Gesichtchen. Er erinnerte sich genau an ihn und wie er ihn damals beerdigt hatte. Schwaner zog noch etwas aus der Seitentasche seines Jacketts. Es waren drei Glasmurmeln, die sie bei den Überresten des Jungen gefunden hatten. Stumm legte er sie neben die Fotografie.
Wieder vergingen scheinbar Minuten. Keiner sagte etwas. In die Stille hinein war plötzlich ein Schluchzen zu hören. Kaduk weinte. Immer heftiger bebte sein Oberkörper. Er hielt sich eine Hand vor die Augen und verbarg sein Gesicht darin. Sachte pendelte sein Kopf hin und her, während seine Schultern unter Krämpfen zuckten. Schwaner hielt Beck zurück, der etwas sagen, die Situation unterbrechen wollte. Schwaner wartete.
Allmählich fing sich Kaduk wieder, wurde ruhiger. Er wischte sich mit den Handrücken die Tränen aus dem Gesicht, richtete sich auf und blickte gefasst zu Schwaner herüber, die Augen immer noch bis zum Lidrand gefüllt.
„Herr Kaduk", begann Schwaner ruhig, „ich weiß nicht, was Sie mit diesen Gräbern und Leichen zu tun haben. Ich möchte dies jetzt auch nicht wissen."
Dabei deutete er nur kurz mit seinen Augen auf die Fotografien und fixierte sofort wieder Kaduks Blick. „Es ist wieder eine Familie, zwei Kinder und ihr Vater, verschwunden und ich bitte Sie, uns zu helfen. Ich

kann Ihnen nichts versprechen, ich möchte aus dem, was Sie uns jetzt vielleicht sagen, auch kein Eingeständnis Ihrerseits ableiten. Es soll daraus kein Nachteil für Sie entstehen. Wenn Sie uns helfen, diese Menschen zu retten, wird es nur zu Ihrem Vorteil sein, das schwöre ich Ihnen."
Kaduk schluckte heftig, rieb sich nochmals über die Augen und nannte dann, mit belegter Stimme, eine Adresse. „Sie müssen sich beeilen, Herr Kommissar. Wahrscheinlich sind schon alle tot."

8.38 Uhr

Schwaner geht zu seinem Stuhl hinüber, setzt sich, ohne den Rücken anzulehnen, auf die vordere Kante und wippt mit dem Oberkörper sachte vor und zurück. Er sieht, wie Beck und er aufspringen, hinauseilen, durch die Flure, zu ihrem Wagen rennen. Beck telefoniert im Laufen, wirft sich hinter das Lenkrad, das Handy zwischen Schulter und Kinn eingeklemmt, sagt noch ein, zwei Sätze, der Apparat fällt in seinen Schoß und im nächsten Moment jagen sie mit Blaulicht davon.
Die angegebene Adresse liegt in einem Gewerbegebiet. Ein unscheinbares Gebäude. Unten Rolltore, oben ein gemauerter Aufbau. Mehrere Fahrzeuge kommen gleichzeitig, ohne Signal, angefahren. Acht Männer stürzen aus den Polizeiwagen. Beck dirigiert

zwei nach hinten, zwei weitere sollen vor den Toren warten, zwei gehen mit Schwaner und Beck seitlich zur Tür und die Treppe nach oben.
Ein Mann, der rauchend auf der gegenüberliegenden Straßenseite steht, beobachtet gebannt und wie paralysiert die Szene. Er wirft seine Zigarette weg und bewegt sich unauffällig fort. Sein Wagen steht dort vor den Rolltoren, aber er wird den Teufel tun und sich jetzt als Besitzer zu erkennen geben. Er biegt um die nächste Straßenecke, bleibt kurz stehen, schaut zurück und geht schnellen Schrittes davon, zur nächsten Straßenbahnhaltestelle. Er ist überrascht, er war aber auch vorbereitet.
Seit dem Streit mit den Kurdis war Servet U. klar, dass ein Bruch stattgefunden hatte und es eine Zäsur geben würde. Abdulah Kurdi würde, wenn nicht sofort, dann sicher in den kommenden Tagen bei den anderen Flüchtlingen nachfragen, wer alles mit ihm gesprochen hatte und wer auf sein Angebot eingegangen war. Es würde ein Gerücht entstehen, ein Verdacht. Zunächst noch klein und unbedeutend, sich von Tür zu Tür ausbreitend, bis es wie eine Woge durch die Korridore lief und in jede Ecke, jeden Winkel floss. Alle, mit denen er gesprochen hatte, würden trotz ihres Versprechens zur Verschwiegenheit ihr Geheimnis preisgeben. Die Einwohner hatten Zeit, viel Zeit. Zeit war das Einzige, was es hier im Überfluss gab. War sie zuvor Servets stärkster Verbündeter, wurde sie jetzt sein mächtigster Feind.

Er sah, wie die Bewohner des Heimes beieinander standen oder saßen, stundenlang. Immer wieder würde es von Neuem beginnen, immer käme etwas hinzu. Jeder goss Öl in die zunächst kleine Flamme, bis sie sich in eine Feuerwalze verwandelte und alle Gemüter erhitzte. Sie würden fragen: „Wo sind denn die abgeblieben, die auf sein Angebot eingegangen waren? Habt ihr etwas von ihnen gehört? Sie können doch schreiben, anrufen?“ Sie würden suchen, und da sich niemand finden ließ, die Leitung und die Polizei verständigen.
Wenn noch etwas zu retten war, musste er schnell handeln. Er musste Abdulah Kurdi aus dem Weg räumen, ihn und seine ganze Familie. Und er wollte sich rächen, rächen an dem Mann, der sein lukratives Geschäft zerstörte.
Aus diesem Grund bot Servet U. Abdulah Kurdi seine Vermittlung auf Kredit an, er müsse nur schnell mitkommen, jetzt, sofort. Seine Frau, die gerade ihren Deutschkurs besuchte, könnten sie später nachholen, wenn sie sah, wo sie untergekommen waren und ihnen endlich glauben würde.
Die Polizei war schon bei Clement. Also hatte Kurdi doch schon geredet, glaubte er. Dass Kaduk bereits verhaftet war, ahnte er nicht. Er hatte mit mehr Zeit gerechnet. Jetzt musste er sich beeilen. Büro, Verein, Wohnung waren sicher schon von der Polizei besetzt. Aber er hatte vorgesorgt, hatte seinen Schatz und neue Dokumente in Sicherheit

gebracht. Mit schnellen Schritten ging er die Straße entlang. Hastig durchdachte er nochmals seinen Plan. Er besaß mehrere Dokumente seiner Opfer, derer er sich bedienen konnte. Er kannte sich aus. Er konnte sich unter sie mischen, unter anderem Namen, sich als Flüchtling in einer Erstaufnahme melden, dort untertauchen, wo ihn niemand fand, einige Wochen abwarten, oder auch etwas länger. In der Zwischenzeit überlegen, wie er am besten außer Landes kam. Vielleicht nach Frankreich, oder gleich nach Marokko? Skandinavien wäre auch verlockend. Er könnte weiterreisen und dort einen Antrag stellen. Servet U. ahnte nichts von den tagelangen, hartnäckigen Nachforschungen Frau Castels nach den Vermissten. Die Namen, derer sich Servet U. bediente, waren jeder Unterkunft fast so bekannt, als gehörten sie Popstars. Schon am gleichen Abend, als er sich in der Erstunterkunft in Gießen meldete, wurde er zwar zunächst aufgenommen, kurze Zeit später jedoch von mehreren Beamten in Zivil verhaftet. Der Koffer mit dem Geld konnte später in einem Schließfach am Bahnhof sichergestellt werden.

Beck und Schwaner stürmten die Treppe hinauf. Eine Holztür mit der Aufschrift „Praxis“ wies ihnen den Weg. Servet U. hatte sie, als er nach unten zum Rauchen ging, törichterweise offen gelassen. Unbemerkt schlüpften die Beamten hinein. Es sah tatsächlich wie in einer Arztpraxis aus, nur war niemand am Empfang, niemand im Wartezimmer und auch niemand auf den Gängen zu sehen. Vor dem Wartebereich, der hinter einer Glastür lag, ging es nach links und nach rechts. Links gelangte man zum „Röntgen", zum „Sprechzimmer" und dem „Behandlungszimmer III". Nach rechts, so sagte es das Schild, ging es zu „Behandlungszimmer I + II". Schwaner entschied sich für die rechte Seite. Leise rückten alle Mann mit gezückter Waffe zu den nebeneinanderliegenden Türen vor und postierten sich. Je ein Mann nahm die Klinke, der zweite stand direkt dahinter. Sie sprangen auf ein Zeichen des Hauptkommissars nach vorne und waren sehr überrascht, sich auch auf der anderen Seite wieder nebeneinander zu sehen. Sie standen in einem großen Raum, gegenüber erstreckte sich eine Reihe von Pritschen, alle durch Vorhänge voneinander getrennt, drei von ihnen waren belegt.

Die Mündungen der Pistolen zeigten in alle Richtungen des Raumes. Links stand ein Herr im weißen Kittel, mit weißer Hose, weißen Schuhen. In der linken Hand hielt er eine Ampulle in die Höhe, in der rechten eine Spritze darunter. Er war gerade dabei, die klare Flüssigkeit aus dem schmalen Glasfläschchen in die Spritze zu ziehen.

„Stehen, Stehen, bleiben, stehen bleiben, bleiben!", schallte es mehrfach durch das Behandlungszimmer. „Keine Bewegung!" Beck und ein Beamter stellten sich zwischen den Mann im Arztkittel und die Betten, die Pistolen immer noch im Anschlag. Schwaners Augen überflogen nochmals die rechte Raumhälfte, doch es war sonst niemand zu sehen. Er nickte dem Kollegen zu und sie traten zurück auf den Flur. Nach und nach öffneten sie die anderen Türen. Immer wieder war „Polizei!“ zu hören, dazwischen einige Sekunden Stille.

Beck schob dem Arzt, der noch immer wie in Stein gemeißelt verharrte, einen zweistufigen Rollwagen hin. „Ablegen! Langsam ablegen! Keine falsche Bewegung oder wir schießen.“ Dabei deutete er mit dem Lauf der Pistole auf die Hände, die sich langsam senkten und Ampulle und Spritze auf der metallisch glänzenden Fläche platzierten. „Auf den Boden! Gesicht nach unten! Sofort!“ Er zog den Wagen zu sich heran. „Hände auf den Rücken!“ Ein Kopfnicken befahl dem Kollegen, dem bereitwillig Daliegenden Handschellen anzulegen. „Liegen bleiben und nicht bewegen!“ Beck steckte seine Waffe ein. Für jeden der ihn kannte, war es immer wieder verblüffend, dass er bei diesen Befehlen keinen Sprachfehler zeigte.

Schwaner kam zurück und trat sofort an die Liegen heran. Vorne lag Abdulah Kurdi. Bei ihm war noch deutlich ein Puls zu spüren. Tiams Puls flatterte, der des kleinen Aylan fehlte. „Ruf einen Notarzt, schnell!“

„Ist schon unterwegs, hab ich auf der Fahrt schon alarmiert. Müsste jeden Moment da sein.“

„Was haben Sie ihnen gegeben?“, brüllte Schwaner durch den Raum.
„Nur ein harmloses Schlafmittel. Ich weiß gar nicht, was hier los ist. Vielleicht könnten Sie mich …“
„Ruhe!“, schrie der Hauptkommissar. „Halten Sie Ihren Mund!“ Vorsichtig begann er den schmalen Brustkorb des Jungen zu massieren. „Such einen Spiegel oder etwas Metallisches“, befahl er Beck, der einen Augenblick später einen Löffel vor Aylans Nase hielt. Keine Atmung. Schwaner bog den Kopf des Jungen zurück, fasste ihn an Kinn und Stirn, legte seine Lippen über die Nase und blies, die Augen auf seine Brust gerichtet, hinein. Sachte hoben und senkten sich die Rippen, immer wieder schöpfte der Hauptkommissar frischen Atem und beugte sich hinab. Ein Martinshorn näherte sich. Schwaner machte unaufhörlich weiter. Ein Beamter von unten führte den Notarzt und einen Sanitäter herein, die sogleich die Wiederbelebungsversuche übernahmen. Sie drängten Martin zurück, weg von der Liege. Stumm schaute er ihren sicheren Griffen zu, der reibungslosen Abfolge von geflüsterten Kommandos und anschließenden Handlungen. Eine Spritze wurde aufgezogen, die andere lag noch auf dem Wagen. „Was wurde ihm verabreicht?“, rief der Notarzt. Der andere, auf dem Boden liegende, antwortete mit etwas Unverständlichem. „Wie viel?“, fragte der Arzt in Rot. Auf die genannte Zahl hin

erschrak der Notarzt und warf dem Sanitäter einen schnellen Blick zu. Dann schüttelte er den Kopf, und sie ließen beide augenblicklich von dem Jungen ab, standen einen Moment mit hängenden Armen vor dem kleinen Körper, besannen sich scheinbar der anderen und wechselten zu Tiam und ihrem Vater hinüber.
„Ja, aber der Junge?“, fragte Schwaner, oder vielmehr hörte er sich fragen. „Was ist mit dem Jungen?“
„Wir können nichts mehr für ihn tun“, antwortete der Notarzt, ohne aufzusehen. „Er ist tot. Vielleicht können wir die anderen retten.“
Benommen stand Martin am Fußende der Liege und schaute auf den leblosen Aylan hinab. Er war so jung, so klein, so zart, so wild in seinem Spiel, so freudig mit seiner Schwester, so zärtlich zu seiner Mutter. Er hätte noch ein ganzes Leben vor sich gehabt, ein Leben, das für ihn an einem furchtbaren Platz in der Welt begann und das an einem angenehmeren Ort vielleicht hätte weitergehen können. So oft hatte der Tod schon nach ihm gegriffen, in den Straßen, auf den Plätzen, in den Kellern und später auf dem Weg hierher, in dem kleinen Boot. Jedes Mal war er ihm aus den Fingern geschlüpft, flink, wie er war. Oder eine schützende Hand hatte ihn behütet, die der Mutter, des Vaters, eines gütigen Gottes vielleicht. Doch wo war diese Hand jetzt, warum war sie nicht hier, warum hatte sie ihn nicht noch einmal, dieses einzige Mal, vor dem schwarzen Schatten bewahrt,

der dem Jungen seit seiner Geburt nachstellte? Wie betäubt schaute Schwaner auf die kleinen Schuhe, auch sie waren innen völlig abgewetzt, wie die anderen, die sie im Stadtwald gefunden hatten.
Schwaner stellte sich neben die Liege. Noch zwei Mal fragte er: „Aber der Junge? Aber der Junge?“, doch der Notarzt reagierte nicht mehr. Schwaner schob seine Hände unter den kleinen Körper. Er hob Aylan an, hielt ihn vor seine Brust und schaute auf das wie schlafend aussehende Gesicht hinab. Er konnte, er wollte nicht akzeptieren, dass der Junge tot war. Er hoffte, dass er wie durch ein Wunder in seinen Armen erwachen würde. Vielleicht konnte er ihn auch einfach dem Tod entreißen, wenn er jetzt mit ihm hinausging?
Er drehte sich um und wollte gehen, musste raus hier, wollte das alles nicht mehr sehen, nicht den Arzt, nicht den Sanitäter, nicht Beck, der mit einem Kollegen den Mann im Arztkittel gerade auf einen Stuhl setzte. Schwaner erschrak und starrte auf die Wand, die er zum ersten Mal wahrnahm. Überdimensional war dort eine Fotografie aufgezogen, die eine malerische Küste, eine Lagune, zeigte. Das Meer züngelte mit sanften Wellen an dem wie aus Gold glänzenden Strand, der unberührt in die Ferne verlief. Im Hintergrund warfen Palmen einen malerischen Schatten und versprachen ein lauschiges Paradies. Das gesamte Panorama, sein Versprechen, war zu schön, um echt zu sein.

Beck kam zu ihm herüber, während er mit dem Kind auf dem Arm vor dem Bild verharrte. Sein Kollege rief nach ihm, doch Schwaner hörte nicht. Er sah nur, wie sich die Lippen des anderen bewegten. Beck nahm ihm den Jungen aus den Armen und legte ihn zurück. Schwaner stand, die Arme noch immer gebeugt, bewegungslos vor der trügerischen Idylle.

Dieses knotige Etwas in Schwaners Bauch rührt sich. Auch jetzt, so viele Monate nach diesem Tag, versetzt ihm die Erinnerung, wie sie die fingierte Praxis von Dr. Clement stürmten, einen schmerzhaften Stich. Ein bitterer Geschmack breitet sich in seinem Mund aus und die Hoffnungslosigkeit in seinem Herzen. Er wird die Welt nicht verändern und schon gar nicht verbessern können. Er konnte noch nicht einmal das Leben des kleinen Aylan retten. Aus seinen Armen ist er ihm in die Tiefen des Meeres entglitten. Es tröstet Schwaner nicht, dass der Arzt – und später wiederholt auch Sandra – ihm erklärten, die Dosis des durch Clement verabreichten Schlafmittels sei für den Jungen viel zu hoch gewesen. Er war wahrscheinlich auf der Stelle tot. Die zweite Spritze mit Kaliumchlorid, die Dr. Satan gerade aufzog, als sie hereinstürzten, hätte es für ihn nicht mehr gebraucht. Es grenzte schon an ein Wunder, dass der Notarzt die nicht viel ältere Tiam und den Vater retten konnte. Mit Aylans Gesicht begannen seine Träume. Dann tauchten Tiam und ihre Eltern aus der Dunkelheit auf, zu Anfang die einzigen Flüchtlinge, denen Schwaner von Angesicht zu Angesicht begegnet war. Später kamen viele weitere hinzu, als sie nach Zeugen in den Unterkünften suchten. Sie folgten im Reigen, der sich nachts, in seinem Schlaf, formierte. Sie schwebten an ihm, der wie festgefroren verharrte, vorbei und versanken in der endlosen Tiefe. Sie alle lebten, das wusste Schwaner und konnte es sich immer wieder vorsagen. Teilweise kannte er sogar ihre Namen. Je mehr er aber an seinen Verstand appellierte, jene seien gar nicht tot, umso mehr gesichtslose Körper glitten in seinen Traum hinein, flatterhafte Geister, die sich unter die anderen mischten, bis sie in der Überzahl waren, bis sie alles ausfüllten, eine dicht gedrängte Masse, die sich über ihm schloss.

Einmal, als Schwaner noch glaubte, er könne Clement provozieren, sagte er zu ihm, dass die billige Fototapete gegenüber den Pritschen, mit denen er seinen „Patienten" das kommende, sorgenfreie Leben vorspielen wollte, ein typisch westliches, europäisches Ideal einer heilen Welt darstelle. Für die Flüchtlinge sei die Küste eine Grenze, das Meer ein bösartiger Feind, der malerische Dschungel ein hinterhältiges Terrain, in dem tausend Gefahren lauerten. Für die Flüchtlinge wäre eine belebte Straße, auf der man sich gefahrlos bewegen könne, ein schmuckloser, doch halbwegs sicherer Platz oder ein beheizter Raum wesentlich verheißungsvoller als ein erfundenes Stück Küste in der Karibik. Völlig

unbeeindruckt hatte ihn Dr. Clement angelächelt: „Sie sind ja ein richtiger Philosoph, Herr Kommissar."
Kaduk dagegen erzählte alles. Wie die Leute von Servet U. zur Praxis gebracht wurden, dass er noch dolmetschte und beruhigte, aber immer rechtzeitig das Zimmer verließ, damit er nicht beim Spritzen dabei war. Er, Kaduk, wartete unten, anfänglich mit seinem alten Kombi, später, als dies zu gefährlich wurde, mit dem Leichenwagen. Im hinteren Bereich gab es einen Aufzug, in den zwei der rollbaren Liegen passten.

Wenn die Patienten tot waren, klingelte sein Telefon. Er musste sie hinunter und ins Auto schaffen. Da das Vergraben zu auffällig und auf Dauer zu aufwendig war, organisierte Clement, so Kaduks Aussage, die Verbrennung in einem privaten Krematorium. Dort arbeiteten Sander und Prüfer, Letzterer auch jemand aus der Landsmannschaft. Sie bekamen ihren Anteil und verbrannten fortan, wer ihnen gebracht wurde, manchmal eine, manchmal mehrere Leichen zusammen, auch mit anderen Toten, die ihnen zur Einäscherung überlassen waren. Die Asche füllten sie zu den natürlich Verstorbenen in die Urnen oder entsorgten sie heimlich auf den Feldern in der Umgebung.

Kaduk war gegen die Verbrennung der Leichen. „Da bleibt doch nichts über von den Leutchen, netwahr. Da is alles weg. Das hab ich dem Clement auch gesacht, dass ich da dagegen bin. Da hat er mich beschimpft, laut beschimpft. Ich soll still sein, hat er gesagt, und soll die Patienten dahin fahren, wo er mir sagt. Die würden sich dort schon drum kümmern, dieser Sander und der andere, der Prüfer. Das sind ganz merkwürdige Gestalten, Herr Kommissar, das kann ich Ihnen sagen, netwahr. Vor allem dieser Sander, der hatte da richtig Freude dran."

Später, nach Kaduks Tod und nach Schwaners Aussagen, sollte sich das alles völlig anders anhören. Dr. Clement behandelte in seiner anonymen Praxis honorarfrei Flüchtlinge, die sich hier keinen Arzt leisten konnten und dringend versorgt werden mussten. Da das offiziell nicht erlaubt war, musste er diese Hilfe heimlich und im Verborgenen leisten.

Die Überdosis Schlafmittel bei dem Jungen war ein ärztliches Versehen, da eine unerkannte Vorerkrankung vorlag. Die Spritze mit Kaliumchlorid war nicht für Tiam, Aylan und ihren Vater gedacht. Dr. Clement wollte damit am Abend den schwerkranken Hund eines Nachbarn einschläfern. Mit den Leichen im Wald habe Dr. Clement absolut nichts zu tun, das seien alles böse Anschuldigungen des verstorbenen Kaduk, der damit von seinen Taten ablenken wolle. Dr. Clement habe Kaduk geholfen, indem er ihm Räume in seinem Keller anbot, um darin Hausrat unterstellen zu können. Worum es sich dabei handelte, das habe Clement nicht interessiert. Mit den verstorbenen Insassen an Kaduks Arbeitsplatz habe Dr. Clement nichts zu schaffen.

Schwaner und sein Team deckten nach mühevoller Kleinarbeit auf, welche Mengen an Kaliumchlorid Clement in den letzten Monaten bezogen hatte. Die Spur führte zu einem Apotheker namens Capesius, dessen Familie auch ursprünglich aus Siebenbürgen stammte. Doch Kaliumchlorid ist ein Industrieprodukt und wird unbeobachtet, auch in Großmengen, vertrieben. Dr. Clement hatte es angeblich zur Schädlingsbekämpfung in seinem Garten eingesetzt, so die Verteidigung.

Der Leichenwagen war voller Spuren, doch damit hatte Clement natürlich auch nichts zu tun. Er habe sich zufälligerweise auch einmal bei dem Händler umgesehen, bei dem später Kaduk den gebrauchten Wagen erstanden hatte. Was der verschrobene Alte mit dem makabren Fahrzeug anfing, davon wusste Dr. Clement nichts. Er gestattete Kaduk lediglich, den grauen Kasten bei sich in der Halle unter der Praxis abzustellen.

Die Verbindungsdaten belegten zahlreiche Telefonate zwischen Kaduk und Dr. Clement. Bei diesen Gesprächen ging es angeblich nur um Banalitäten. Kaduk wollte etwas aus dem Keller holen oder etwas darin abstellen, er litt an irgendeinem Wehwehchen oder mochte sich über das Wetter unterhalten. Die erstellten Bewegungsprofile belegten lediglich, dass Dr. Clement aus der Innenstadt zur angeblichen Praxis fuhr, während Kaduk immer wieder den Weg von dort in Richtung Krematorium zurücklegte.

Alle Indizien und Beweise gegen Clement zerbröselten, prallten an dem dichten Verteidigungswall um ihn herum ab oder wurden völlig neu interpretiert. Glaubwürdigkeit spielte dabei keine Rolle, es musste nur denkbar sein. Es wurden sogar Zeugen präsentiert, meist Mitglieder der Landsmannschaft, die schworen, dass Clement zu einem bestimmten Zeitpunkt bei ihnen zu Hause gewesen sei. Ja, das Handy, das hätte womöglich in der Praxis gelegen, er hatte es dort vergessen. Aber er selbst wäre zu der Zeit an einem ganz anderen Ort gewesen. Auf dem Rückweg hätte er sein Telefon dann wieder dort abgeholt und es mit zurück in die Stadt genommen. Die Bewegungsprofile stellten daher keinen stichhaltigen Beweis dar, wo sich ihr Mandant aufgehalten habe.

Schwaner erinnerte sich, als er bei Staatsanwalt Dr. Körner in den Schriftsätzen der Verteidigung blätterte, an eine seiner Unterhaltungen mit Clement, die er zunächst als so typische Belehrungsstunde abgetan hatte, in der Clement seine Weltsicht darlegte. „Ich leiste mir eine eigene Weltanschauung“, hatte er gesagt.

„Spüren Sie nicht auch“, Clement schlug ein Bein über das andere, setzte ein falsches Lächeln auf und fuhr fort, „dass der Staat immer hilfloser und seine Einwohner immer egoistischer werden. Es fängt mit Kleinigkeiten an. Die Patienten, die ihren Wagen immer in ihrer Einfahrt parken und einkaufen gehen.

Der Hundebesitzer, dessen Köter auf den Gehweg kackt und der einfach weitergeht. Die Mitbewohner im Haus, die mit ihren unzerlegten Kartons die Papiertonne verstopfen.
Dann geht es weiter. Der Autofahrer, der mit achtzig durch die Spielstraße rast und dabei noch eine SMS schreibt. Der Radfahrer, der sie auf dem Zebrastreifen fast über den Haufen fährt und sie noch anbrüllt. Der Nachbar, der ihnen wegen jeder Kleinigkeit einen Prozess androht, sich selbst aber über jede Bestimmung hinwegsetzt.
Und nach und nach spüren sie, dass da niemand ist, der diejenigen, die sich nicht an Recht und Gesetz handeln, bestraft, ja noch nicht einmal ermahnt. Im Gegenteil! Diese Egoisten werden sogar noch belohnt, werden ‚clever' und ‚durchsetzungsstark' genannt, Attribute, die sie heute unbedingt vorweisen müssen.
Und sie stehen da, hilflos, fassungslos, verdrängt, übergangen, man kann fast sagen geohrfeigt, von irgendwelchen dahergelaufenen Idioten, die sich das einfach herausnehmen, weil das Gesetz eben nur für die anderen gilt. Und in ihnen steigt die Wut, der Zorn, der Hass, nicht nur auf die einzelnen Personen, sondern auf die ganze Gesellschaft, die das zulässt."
Clement schwang wie so oft seinen Arm hinter die Rückenlehne und lag schräg auf seinem Stuhl, als würde er bei einer netten Plauderei in einem Lokal sitzen.

„Sie finden aber kein Ventil für ihren Zorn und das macht sie nur noch wütender, bis sie fast daran zerplatzen. Jetzt kommt noch hinzu, dass sie erkennen, wie immer nur bestimmte Persönlichkeiten zu ihrem Recht kommen. Dass nur in bestimmten Vierteln die Falschparker abgeschleppt, die Raser geblitzt und die Straßen regelmäßig patrouilliert werden. Und jetzt kommt das Beste …“, Clement setzte sich nach vorne, als würde er jetzt gleich etwas mit seinen Händen auf den Tisch legen, das er dem Kommissar haarklein auseinandersetzen müsse. „Es sind die Gleichen!“ Clement öffnete die leeren Hände wie ein Taschenspieler, der seinem Publikum etwas vorgaukelte, was es gar nicht geben konnte. „Diejenigen, die sich auf der einen Seite über alles hinwegsetzen, sind auch diejenigen, die vom Staat besonders geschützt werden. Es ist so ähnlich wie bei meinem Vater. Die meisten Verbrecher und Mitläufer aus dem Dritten Reich blieben unbehelligt – mehr noch, die waren gleich wieder obenauf, saßen wieder überall an entscheidender Stelle. Und wenn einmal ein dunkler Fleck aus der Vergangenheit auftauchte, wurde schnell alles reingewaschen.“ Clement lächelte gönnerhaft, als wäre ihm Schwaner für all diese Weisheiten nichts schuldig, nur seine Aufmerksamkeit. „Und dann stehen sie plötzlich da und wissen, es gibt nur einen Weg aus dieser Hölle, diesem ewigen Frust, diesem endlosen Spießrutenlauf: Sie müssen der größte Egoist von allen werden.“

Sichtlich stolz auf das Resultat seiner Ausführungen ließ sich Clement wieder in seinen Stuhl fallen und schob noch den Satz hinterher – vielleicht war er ihm in diesem Moment tatsächlich unbeabsichtigt herausgerutscht, dachte Schwaner: „Und vielleicht werde ich einmal diesem Staat seine Hilflosigkeit vor Augen führen."

Schwaner hatte sich in Rage geredet und einige Passagen seiner Ausführungen mit vehementen Gesten unterstrichen. Er hielt noch seinen Zeigefinger in der Luft, als er verstummte. Körner und er schauten sich einige Augenblicke über die Akten hinweg an.

„Warum erscheint Ihnen das heute wichtig?", wollte Dr. Körner wissen.

„Es ist vielleicht sein wirkliches Motiv", antwortete Schwaner, um gleich noch „neben seiner krankhaften Kleptomanie" anzufügen.

„Sie meinen, es ist so eine Art Vaterkomplex bei ihm?", hakte Körner nach.

„So etwas in dieser Richtung. Er kam immer wieder auf seinen Vater zu sprechen, den frühen Verlust, die nachträgliche Demütigung, als er erfuhr, welche Rolle dieser in der Nazizeit gespielt hatte und worauf sich wahrscheinlich sein späteres Vermögen gründete."

„Aber das psychologische Gutachten ..."

„Sie wissen doch, dass er sich dagegen völlig gesperrt hatte", entgegnete Schwaner sofort.

„Dennoch spricht das Gutachten von keiner krankhaften Beziehung. Eher wird die Mutter als dominant angesehen."

„Das eine schließt das andere ja nicht aus."
„Er ermordet Hunderte von Menschen, um es seinem Vater gleichzutun?" Körner runzelte skeptisch die Stirn.
„Und ungeschoren davonzukommen, das ist vielleicht noch wichtiger."
„Wir bleiben doch besser bei Habgier als Motiv. Alles andere scheint mir sehr abwegig und vor allem sehr schwierig zu beweisen."

8.44 Uhr

Ein kurzes Klopfen, dann wird die Tür aufgestoßen. „Es ist so weit, das Gericht hat soeben Platz genommen. Kommen Sie!" Bauer hält die Tür weit auf, als müssten sie nebeneinander hindurchpassen. Schwaner steht mühsam auf. Er streckt sich und tritt mehrmals auf, um ein Taubheitsgefühl aus seinen Beinen zu bekommen. Im wahrsten Sinne des Wortes muss er seine Glieder sortieren, geht ein-, zweimal auf der Stelle, reckt seine Arme nach oben und schreitet, zunächst unbeholfen, dann eleganter, auf den Justizbeamten zu.
Bauer lässt ihn vorbei. „Haben Sie alles?" Er schaut sich selbst nochmals im Zimmer um. „Ihren Mantel können Sie hierlassen, ich schließe ab. Warten Sie bitte einen Moment." Ein schmaler Schlüsselbund klimpert in Bauers Hand. „Alles eine Schließanlage, bis auf die Garagen- und Zauntore. Ein Glück,

sonst hätten wir hier hundert Schlüssel zu tragen." Mit strammem Schritt geht Bauer voraus. „Kein Grund, nervös zu sein. Ist doch bestimmt nicht Ihr erstes Mal, oder? Ich sag immer, der Zahnarzt ist schlimmer. Natürlich nur bei den Zeugen, nicht bei den Angeklagten. Mit denen red ich normalerweise kein Wort. Man weiß ja nicht, was die so alles auf dem Kerbholz haben. Da haben Sie schnell was Falsches gesagt …"

Unter diesem einfältigen Gequassel gelangen die beiden zur nächsten Tür. Bauer schließt auf, lässt Schwaner vorbei, sie gehen weiter. Hinter ihnen fällt die Tür ins Schloss. „Das ist hier ein Zirkus mit den Türen, sag ich Ihnen. War halt nicht so geplant, also für solche Anlässe. Hier wären wir jetzt sozusagen hinter der Bühne." Bauer deutet nach rechts, auf eine verschlossene Doppeltür. „Wir gehen jetzt einmal hinten vorbei und kommen dann von links. Vorne müssen wir noch einen Moment warten, bis wir endgültig aufgerufen werden." Wieder wird eine Tür aufgeschlossen und sie gelangen in einen breiten, belebten Flur. Beamte in Uniform, auf den ersten Blick ein Dutzend, bevölkern den Gang. Einige legen gerade ihre schweren Jacken ab und werfen sie über Stühle, die entlang der Wände aufgestellt sind. Es sind die Wachmannschaften, die die Angeklagten hierher begleitet haben. Ein, zwei Gesichter sind Schwaner bekannt und er nickt ihnen zu. Nach und nach drehen sich Köpfe zu ihm hin, Blicke folgen ihm und manche halten den Daumen hoch. „Viel Glück, Kollege!“, ruft jemand laut und voller Überschwang von hinten, was sofort mit „Ruhe!“ und „Nicht so laut!“ gebremst wird. Schwaner dankt mit einem unbeholfenen Lächeln und nickt nochmals.

Er steht wie ein Einwechselspieler an der Seitenlinie und wartet auf seinen Einsatz, der sich aber auf Grund irgendwelcher Vorgänge hinter der verschlossenen Tür weiter verzögert. Minuten verstreichen. Der Hauptkommissar blickt abwechselnd auf seine Schuhe und den blauen Rücken vor ihm. Bauer gleicht einem Dompteur, der mit ihm auf ein Zeichen die Manege betreten wird.

„Hauptkommissar Martin Schwaner!“, schallt es laut aus einem Lautsprecher über der Tür, vielleicht sogar im gesamten Gebäude. Bauer drückt, noch ehe der Aufruf beendet ist, die Klinke nach unten, geht voraus, bleibt aber sogleich an dem geöffneten Durchgang stehen. Etwa zwei Meter entfernt von ihnen hält ein anderer Beamter, wahrscheinlich Bauers Kollege, ebenfalls eine Tür auf. Licht fällt in diesen kurzen Zwischenstückraum, der die reale Welt von der Welt der Gerichtsbarkeit trennt. Ein leises Summen wie von vielen Stimmen ist zu hören. Schwaner tritt ein und ist von der tatsächlichen Größe des Saals überrascht. In den Zeitungen, und auch eben noch auf dem Monitor, wirkte der Saal wesentlich kleiner. Rechts von ihm sitzen erhöht die Richter, zu ebener Erde zwei Stenotypisten, daneben steht der Stuhl des Saaldieners. Gegenüber ist die Bank der Anklage aufgebaut. Oberstaatsanwalt Körner sitzt in der Mitte. Links neben ihm Georg Vogel, der die Leitung innehat, rechts Joachim Kügler, der ehrgeizige Assistent Vogels. Weitere Helfer, vorrangig Referendare, sitzen in zweiter Reihe dahinter. Sie sind für die meterlange Reihe der Aktenordner zuständig und müssen darin bei Bedarf in Sekundenschnelle Dokumente, Aussagen, Protokolle, Belege finden. Körner lächelt Schwaner aufmunternd an.

Der Kollege von Bauer geleitet Schwaner zu einem kleinen Tisch, etwa fünf Meter von der Richterbank entfernt. Der Hauptkommissar blickt kurz in die unübersehbare Menge von Journalisten, Korrespondenten, Angehörigen und Prozessbeobachtern vor ihm. Auf die Schnelle kann er niemanden erkennen.

Links von ihm sitzen die Angeklagten, gleich vorne als Erstes Dr. Clement, daneben sein Verteidiger Steinacker. Clement weicht einem Augenkontakt aus, nicht so Steinacker, der mit seiner Miene seinem Namen in jeglicher Beziehung gerecht wird. Sofort und demonstrativ notiert er sich etwas. Es folgt ein leerer Tisch. Hier war Kaduks Platz gewesen. Die ersten Prozesstage hatte er dort noch gesessen. Man hatte nach längerer Diskussion die Lücke belassen. Vor Servet U. steht noch immer ein aufgestellter Aktenordner, obwohl die Fotografen längst den Raum verlassen mussten. Vom laufenden Prozess durften keine Bilder, keine Filmaufnahmen und keine Mitschnitte angefertigt werden. Natürlich wurde für die Justiz selbst alles aufgezeichnet. Den Medien waren lediglich Zeichnungen und schriftliche Notizen erlaubt. Ganz am Ende sitzen Sander und Prüfer mit ihren Verteidigern. Sander hatte sich die Haare wachsen lassen. Bei seiner Festnahme war sein Schädel kahl rasiert und der Kopf übersät mit Tätowierungen, Zeugnisse seiner arischen Gesinnung. Jetzt verbirgt er diese Symbole unter einer halblangen Frisur – offensichtlich auf Anraten seines Anwaltes. Sander wirkt dadurch noch jünger und fast wie der Sohn von Clement. Er und Prüfer gehören einer anderen Generation an, und es erscheint absurd, dass zwei Menschen ihres Alters mit in diesen Fall verwickelt sind. Sander ist ein völlig verblendeter Anhänger einer ultranationalen Gesinnung, die er mittels einschlägiger Internetseiten permanent in sich schürte. Seine Welt ist ein ständiger Kampf gegen ausländische Mächte, Juden und Kaffer, die sein Heimatland bedrohen. Seine Brüder stehen fest an seiner Seite. Mit ihnen beschwor er Wochenende für Wochenende diese Heimat in dumpfen Ritualen, Saufgelagen und provozierten Schlägereien. Die Lösung, dieses Land und auch sein Leben von allen Übeln zu heilen, erscheint ihm ganz einfach: Man muss alles Schädliche ausmerzen.

Prüfer ordnet sich dem gleichaltrigen Sander wie ein Knecht unter und befolgt jede Anweisung. Er ist

stolz darauf, als rechte Hand von Sander zu gelten. Vielleicht besteht tatsächlich ein Rangverhältnis zwischen ihnen. Sie sind Mitglieder einer reichsdeutschen Organisation, über deren Struktur bisher wenig bekannt ist und zu der sie, wie auch zu allen anderen Vorwürfen, beharrlich schwiegen.
Beide geben sich äußerst gelassen und selbstsicher, insbesondere nach Kaduks plötzlichem Ableben. Sie sind felsenfest davon überzeugt, dass ihnen nichts nachgewiesen werden kann, ebenso wenig wie ihrem Chef und eigentlichen Inhaber des Krematoriums, einem gewissen Töpfer mit seinem Sohn, den Kaduk niemals getroffen hatte und daher auch nicht belasten konnte.

Sander und Prüfer dagegen waren die willigen Helfer bei der Verbrennung der Toten gewesen. Sie hatten die Leichen ausgeladen, wenn Kaduk mit dem Leichenwagen vorfuhr und lagerten sie, falls nötig, bis zur nächstbesten Gelegenheit im Kühlhaus. Wenn möglich, das war bei den Kindern und kleineren Frauen der Fall, wurden die Leichen mit anderen Toten im Rahmen offizieller Bestattungen verbrannt. Die Männer äscherten sie heimlich ein. Sander und Prüfer hatten zwar die Ofenanlage, die alle Anfeuerungen aufzeichnete, manipuliert und die entsprechenden Angaben gefälscht, doch gelang es Messner, durch detaillierte Auswertungen des Gasverbrauchs im fraglichen Zeitraum zu beweisen, dass wesentlich mehr Energie verbraucht worden war, als für die dokumentierten Einäscherungen erforderlich gewesen wäre. Umgerechnet auf menschliche Körper, kam er auf eine Zahl von einhundertdreißig bis einhundertvierzig. Schwaner erinnert sich mit Grausen an diese nachmittägliche Rechenstunde, in der der Leiter der KTU auch belegte, dass es mit seiner Methode unerheblich sei, ob die Körper gleichzeitig oder getrennt verbrannt wurden. „Um zwei Körper zu verbrennen, brauchst du entsprechend mehr Energie, egal ob sie auf einmal oder nacheinander verbrannt werden. Oder sagen wir, um präzise zu sein, der Energieunterschied beträgt nur etwa zehn Prozent.“ Noch wussten die beiden nichts von diesen Beweisen. Leider reichten diese Fakten auch nicht aus, um Herrn Töpfer und seinen Sohn zu belangen, da sie belegen konnten, von dem wesentlich höheren Energieverbrauch noch keine Kenntnis gehabt zu haben.

Der Vorsitzende Richter Hofmeyer mahnt zur Ruhe, begrüßt Hauptkommissar Martin Schwaner und bittet ihn, Platz zu nehmen. Er weist darauf hin, dass Schwaner auf Grund seines Berufes unter Eid stehe und bewusste Falschaussagen erhebliche Konsequenzen für den Hauptkommissar nach sich zögen. Schwaner bestätigt, sich dessen bewusst zu sein.
„Nun dann, Herr Hauptkommissar, dann erzählen Sie mal.“

– ENDE –

Der Verzagten aber und Ungläubigen und Greulichen und Totschläger und Hurer und Zauberer und Abgöttischen und aller Lügner, deren Teil wird sein in dem Pfuhl, der mit Feuer und Schwefel brennt, das ist der andere Tod.

Offenbarung 21.8

Doppelmord à la carte

Im Kühlhaus Nummer 4 der Frankfurter Kleinmarkthalle liegt der leblose Eigentümer des Standes „Valentino – Feinkost und Delikatessen seit 1982“, Tötungsart: erschlagen, erstickt, eingefroren. Ein Trüffel am Tatort wirft zahlreiche Fragen auf, die Händler der Kleinmarkthalle spielen verrückt. Zeitgleich, nur wenige hundert Meter entfernt, schwimmt die Leiche des Sternekochs Mirko Leininger im Main. Selbstmord, so die Vermutung. Doch schnell wird auch hier deutlich, dass er nicht freiwillig aus dem Leben schied. Hauptkommissar Schwaner ermittelt in beiden Fällen und ahnt noch nicht, dass die beiden Toten mehr verbindet als die räumliche Nähe ihres Fundortes.

„Doppelmord“ verbindet das gesellige Treiben in der Frankfurter Kleinmarkthalle mit dem knallharten Geschäft der Spitzengastronomie und bietet spannende Unterhaltung für jeden Genießer.

ISBN 978-3-943758-44-3
Als E-Book: **978-3-943758-45-0**

Um jeden Preis

In einem Vorort Frankfurts ist die nächste Filiale der Discountkette „BILLI" entstanden. In der Nacht vor der Eröffnung werden die Außenwände des Gebäudes mit Drohungen und Parolen besprüht, zwei Mitarbeiterinnen tot aufgefunden – heimtückisch ermordet. Handelt es sich um eine Erpressung des multinationalen Konzerns? Haben erboste Einwohner des Ortes ihrer Wut freien Lauf gelassen? Oder war es am Ende eine verdeckte Beziehungstat? Hauptkommissar Martin Schwaner und sein Team gehen den unterschiedlichen Spuren nach und decken dabei die vielfältigen Verflechtungen aus Politik, Wirtschaft sowie den egoistischen Interessen Einzelner auf.

„Um jeden Preis" spielt vor dem Hintergrund des extremen Strukturwandels im Handel. Diese Veränderungen stellen nicht nur die Fortdauer althergebrachter Märkte in Frage, sondern sie greifen auch tief in die soziale Struktur einer Stadt oder Gemeinde ein – mit fatalen Folgen.

ISBN 978-3- 943758-46-7

Als E-Book: **978-3-943758-47-4**

Tödliche Tropfen

Hochsommer in Frankfurt. Die Stadt stöhnt unter den abnormen Temperaturen. Zum wiederholten Mal wurde der Hitzerekord gebrochen. In der Nacht, die kaum Abkühlung bringt, wird Hauptkommissar Schwaner zum Flughafen gerufen. Am Rande des Flugfeldes wurde eine Leiche gefunden. Ein Alptraum beginnt...

Der dritte Roman von Jakob Stein führt durch und hinter die Kulissen des Frankfurter Flughafens. Mit etwa achtzigtausend Arbeitsplätzen und durchschnittlich mehr als einhundertfünfzigtausend Passagieren pro Tag ist der Airport eine Stadt in der Stadt, die ihrem ganz eigenen Rhythmus folgt. Der Cargo-Bereich ist führend in Europa. Dort werden heute mehr Waren umgeschlagen als in manchem Seehafen. Damit verbunden ist auch ein hohes kriminelles Treiben, das immer wieder neue Wege sucht.

ISBN 978-3-943758-53-5

Als E-Book: **978-3-943758-54-2**

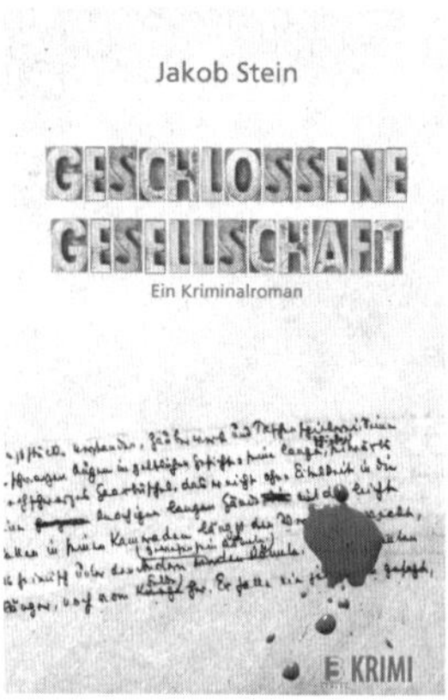

Geschlossene Gesellschaft

Ein toter Verleger wird im Brunnen vor der Frankfurter Messe gefunden. Selbstmord, Überdosis oder Mord? Die Ermittlungen laufen in alle Richtungen – jede scheint denkbar. Hatte er eine literarische Sensation entdeckt? Oder sollte die Fortsetzung eines Insiderromans verhinder werden? Existiert ein Zusammenhang mit dem zuvor verstorbenen Bestellerautor? Der neue Fall führt Hauptkommissar Schwaner und sein Team tief in die Strukturen der Buchbranche hinein. Weitere Personen fallen Anschlägen zum Opfer oder kommen auf mysteriöse Weise ums Leben. Nichts deutet auf eine bestimmte Handschrift hin, keine Tat gleicht der anderen ...

Ein spannender Krimi über den Literaturbetrieb und die Jagd nach dem nächsten Besteller. Ein Buch, das seine eigene Geschichte erzählt.

ISBN 978-3- 943758-55-9

Als E-Book: **978-3-943758-56-6**